從幻滅到重生

從絕望到希望

既濟

萬事俱備，條件已成、水火相濟而調和。「既濟，定也。」既濟卦六爻得位，陰陽皆得濟，是卦爻最完美與最穩定的狀態。

人物介紹

森焱
跳舞哲人，專注舞蹈藝術，用以啟發和感動人心

金鈴
擁有一雙靈動的大眼睛，熱愛跳舞，感覺敏鋭

利民
教室導師，為人友善，跳舞技術高超

百合
教室導師，利民配偶，多愁善感，漂亮動人

班多鈕
歌廳樂師，常常戲稱金鈴做大眼妹

Mark Danson
著名阿根廷探戈舞者，每年舉辦比賽提拔人才

翠芝
曾學習芭蕾舞，探戈新星，非常努力，亦重視得失

茉莉
探戈新星，氣質柔弱

桂思
性格鬼馬，待人親切的師姐

羅賓
為人風趣，任何師妹都能指點到家的師兄

喬希
建築師，人見人愛的同學

雷奧
舞藝平平，但喜愛出風頭的同學

哈德
印度人，擅長結他，是班多鈕的好朋友

Arunas
茉莉的舞伴，耿直善良

推薦序（一）
Preface

When I first arrived in Hong Kong back in 2018, I was impressed by the huge tango scene in the city: many academies, teachers and milongas, every day of the week. I was moved by how much hongkongese people love Tango and Argentinean culture, how much they know and how much effort and interest they put in learning more and more. I was also moved by how tango goes under their skin, and the passion they develop for this music and dance.

Even though Argentina is exactly in the other side of the world from Hong Kong, it doesn't feel that far. Tango is one of the many ways Argentina is present in Hong Kong. Not to mention others like the IFC made by Argentinean architect Cesar Pelli; the presence of so many Argentineans working and living in Hong Kong; and our products like wine, beef and leather among others, very present in the market.

I am very happy to introduce this novel by Kam Ling (金鈴) and Sum Yim (森焱), which reveal a bit of the Tango world, together with its passions and emotions in Hong Kong, and show us the different meanings of Tango, and many stories around a dance.

Thank you to the authors, for bringing Argentina closer to Hong Kong.

Maria Veronica Grygianiec

Consul

推薦序（二）

知道才女金鈴和森焱會寫關於探戈的小說，十分興奮期待！他們經過親身學習感受，相信是對探戈有所感動才有衝動去動筆吧！他們都是肯練習並留意細節的學生，我還有點驚訝金鈴那麼快便已對阿根廷探戈感悟良多，可能感受到與人共舞的樂趣，已經着魔了吧！

好多人都對探戈的美和浪漫有着嚮往，會愛上阿根廷探戈並堅持下來的人卻不多，我們教學十多年來，發現能真正享受探戈的人都是對內心有追求的人。探戈與生活、愛情都有好多相似，好多的體會都是探索自己的生命旅程。希望透過他們的小說能令更多人了解探戈的不同面貌。明白探戈不只是舞蹈，更是一種優雅的生活態度，深度足以品味一生！

Lily @ Otrotango

推薦序（三）

聽到森焱和金鈴要出一本關於Tango的書時，第一個感覺是很驚訝。

這幾年因疫情的關係，學生沒有機會到世界各地去跳舞，森焱和金鈴的探戈經歷因而未必很多，心想：他們哪裏來材料寫這本書呢？不由得很佩服，也很開心他們有這想法。

後來想起在自己的探戈路上，最初的幾年其實是自己最敏感的階段，有很多衝擊，也有很多的反思，可惜那時候沒有衝動把這些感受寫下來，如果有的話現在回看起來一定百般滋味。曾經有一位探戈大師對學生說過，不要害怕自己有很多感覺，當跳了很多年之後，你會明白感覺是多麼珍貴的。森焱和金鈴都是對人、事、物很有感覺的人，很期待看到他們的新書，讀起來定會像自己再經歷一次初戀似的。

Raymond @ Otrotango

森焱自序

有些人在失望中變成絕望，有些人在絕望中找到希望。

作為一個跳舞哲人，我體會到，每個舞步，都需要連接的動作。而這個動作，會影響下一個舞步的質素和效果。因此，舞動的預備，是連繫每一個高質素舞步的橋樑。

就正如人生，如果起步的動機不良，或起動的準備不足，就不能達到預期的目標。就即如「跳舞之神」，她身負破壞和創造於一身，所以她需要破壞的前奏，來創造重生的美好。在小說裏，存在：幻滅、破壞、重生。這許多人生故事，內裏的玄機，在於幻滅的盡頭，是重生的希望，也是重生的開始。

小說的名字，我和金鈴用「幻滅既濟」，是想告訴大家，當人生遇上不如意，就要知道它是重生的契機。

因緣際會，認識了金鈴。第一次見面促膝長談，彼此分享了不少人生理念和價值觀。於是，我們合著一本小說：藉着一個在阿根廷探戈教室的故事，注入對生命的看法，當中，有心理有哲

學有音樂有藝術。

我深信：阿根廷探戈是一種奇妙的舞蹈，當我們投入跳舞，不但能感動自己，也可以感動別人，治癒心靈。

其實，人生每一步都是選擇，而這些「選擇」，就像跳舞的「準備動作」。每一個動作，會影響下一刻的人生。我們可以選擇進步、提升、克服，而成就幸福。

希望，每個讀完這本小說的人，會領悟：即使生活中有很多外在因素，可能會影響到我們選擇出錯；但只要記得，幻滅之後又可以重生，我們實在無需沮喪。因為，重生帶給我們，是下一次成功的可能。

人生充滿奇蹟，讓我們都成為共舞者——精誠跳出魔幻時。（Magic Moment）

森焱

壬寅年吉日

金鈴自序

這本書的出現，完全因為Magic Moment。

不同界別，都有對Magic Moment作出不同定義。文學的Magic Moment，是作者和讀者之間的文字感應；攝影的Magic Moment，乃日落半小時內的餘暉；愛情的Magic Moment，意味男女之間的靈魂契合。

朋友介紹我學習跳阿根廷探戈時，我完全不知道這舞蹈充滿內涵。直至我第一次感受到阿根廷探戈中的Magic Moment，我便不能自拔地迷戀上它。

除了舞蹈的Magic Moment；我更熟悉的，是文學的Magic Moment。

我的第一套旅遊歷險小說，十冊裏都有樂天和金鈴，這對男女主角陪伴過不少讀者成長。到樂天消失之後，經年累月，我收到如雪片紛至的讀者電郵，希望我能寫續集，寫他重生。

可是，我不敢有此妄念——因為，怕貿然下筆，會破壞了讀者的期許。直至構思這本書的時候，樂天再次出現在我腦海。我

和大家一樣，從未忘記他。他不只是一個故事角色，更加是一段我們的「曾經」。

正如作家選擇用文字寫情書；舞者則用舞蹈去表白愛情。森焱是一位非常出色的舞者，他不但能跳出動人舞蹈，而且能跳出細膩情感。在創作的過程中，森焱把所有關於阿根廷探戈的電影、歷史、文化、音樂、舞步，感情、哲學甚至心理學，傾囊相授。我才驚覺，阿根廷探戈不是普通舞蹈，而是一本大藝術百科全書。

或許很多人以為，舞蹈只是一種運動，只是一種男女交誼工具；但其實，我們應該把它看待成一門深度藝術。因為，它蘊藏人與人之間的感情，也沉澱着深厚歷史價值。

兩種Magic Moment結合，會是怎麼一種火花？當你打開小說的第一章，你就會發現，屬於你的Magic Moment。

金鈴
寫於緣份的天空下

目錄

第一章

一個穿着薄紗旗袍的機艙服務員，把手中的一支羅曼尼康帝斟向一個水晶酒杯，寶石紅色的酒在白光下折射出神秘的顏色。

在這私人客機上，可以至少容納十人，卻只招待兩位乘客，極致奢華。穿着一身燙帖稱身黑色西裝的俊朗男生，解下餐巾；坐在一旁的女人，打扮高雅，輕輕站身，在他面前，幫他整理稍微歪斜的絲質領帶。好整以暇，男人看向窗外推移的雲層，飛機即將降落在太平洋私人島嶼機場。

踏出停機坪，他們來到莊園。賓客中有外國元首，也有富商，眾人似乎都在期待他的到臨。男生走進宴會廳，望了過去，香檳味交織在空氣中，舞池上方有一盞如水銀瀉地的龐然水晶燈，反照出不同顏色的謎樣光芒，這裏表演的人都是歷屆探戈比賽中的冠軍人物，成雙成對，跟着交響樂團奏出的旋律起舞。

他的視線落在遠處一個人，他朝對方點了點頭，對方卻木無表情。他走過去，對方說了一句話，他堅定地搖頭。男生一聲不響，拉開頸項上的領帶，狠狠地丟棄在亮晶的雲石地板上。

在眾人灼熱的目光和如蟲鳴的竊語中，他毅然離開，決定永遠不再回來。

在一個月後的夜晚，這男生踢着涼鞋，坐在廟街的露天大牌檔。他看着夾雜零星貓眼石碎的瀝青行人路面，想在這地方找出隱藏在他內心，一個至今仍未有人能解開的巨大謎題。

＊　＊　＊

窗外的天空被密雲籠罩，金鈴坐在冰冷地板上，看着眼前一堆東西，七零八落。這些是過期的輕便防曬乳霜，發霉的藥丸，褪色的行李牌，和把時間停留在兩年多前的登機證。

她的工作，是為不同媒體撰文，有關於旅行的，也有不相關的。此刻看着這些塵封兩年多的旅行物品，她心頭一酸。

疫症大流行，各國封鎖邊界，慣於旅行的金鈴，被迫無處可逃。這許多年，她不斷出走，踏遍世界各地，沒有一刻停下腳步。她重複到訪這些她曾經到過的地方，不為甚麼，只因為她想重溫一段一段回憶。

十五年前，她的戀人消失了。樂天與她在旅行時認識，無數奇遇，經歷生死。在最後一次旅程，他在愛琴海向她求婚，原本是有情人終成眷屬的故事，卻因為一個神話魔咒而粉碎。他因為救她離開險地，犧牲了自己，從此音信全無。即使物換星移，金鈴仍然無法忘記他。她深信，兩人的緣份深厚，一定能在旅途上再見。

日復日，出出入入機場，令她感到一種實在和盼望。她曾經以為，自己會終此一生，都在重複這個模式生活。然而，一場世紀疫症，把她唯一的希望幻滅：鎖國鎖城，她被迫滯留在香港。

戀人失蹤，已經悲痛。如今被禁足在彈丸之地，逃也不成，更是絕望。沒法旅行，等同把她囚於困局。她吸一口氣，把眼前這些東西，統統塞進垃圾袋，收起行李箱，眼不見為淨，彷彿是一場祭禮，就差沒有焚香沐浴。

她決定去一個地方，一個十五年來未踏足過的地方。

她走進一幢高級住宅大廈，來到頂樓的房子，打開大門，滿屋素白，傢具彷彿都是穿着用白布做的大衣，抵抗沒有主人的幽冷。

她沒有把他的房子賣掉，甚至沒有申報他失蹤。因為，她深信樂天一定

會回來。她定期僱用清潔工人打掃地方，以確保有一天他若回家，居處光潔如昔。然而，年復一年，她的希望卻是落空。

她看着這單位，想起獨居的樂天第一次帶她上來參觀，又裝神弄鬼，把她嚇一跳為着開玩笑。想着兩人之間，美好的昔日，她心頭一緊，呼吸急促，幾乎是想要把屋內主人曾經留下的氣息都吸進肺部。但，十五年的歲月，已經無情地把一切洗淨……

天生對五感非常敏銳的金鈴，心想：如果，氣味能永存，就能令記憶歷久常新，這該有多好。

金鈴走進房間，桃木書桌上只有一台舊式電腦。她順手打開抽屜，目光落在抽屜裏的角落，鋼錶閃亮如新，顯而易見，樂天有悉心擦拭鋼錶錶帶。但仔細看，它的水晶玻璃錶面卻蘊藏歲月痕跡，看來有超過五十年歷史。

金鈴記起，手錶是樂天父親的遺物。那年，他的父母在前往雅典時發生空難。他在父親書房足足一個星期吃不好睡不好，手不離這鋼錶。後來，連樂天也消失了。兩代人遺留在世上的，只有眼前這隻鋼錶。

錶上繪製了一個跳舞的神女，她的一手和一腳，變成時分的指針。她從未見過造工如此獨特的手錶。她拿起它，指針開始挪動，它是自動錶，不用電池也有動能，她聽着它嘀嗒嘀嗒行走，彷彿它也有心臟，是活生生在行走。這錶比較中性，放在自己的手腕上，看來也合襯。她對它愛不釋手，戴着它，和樂天又似乎有了聯繫。

在抽屜深處，她發現一張機票紙本收據。時光倒流，她這才記起當年買機票是一件大事，和現在彈指之間的唾手可得的電子機票，截然不同。她仔細端詳發黃的收據，記載了十五年前兩人的最後一次旅行目的地——希臘愛琴海。

腦海裏的零碎片段，如幻影如泡沫，她的淚水湧出眼眶，串滑過面龐，剛好滴在紙上，化開一片雲朵。此時，她驚異地紙背有幾個字透印出來。她反轉，發現七個英文字母，她一眼就認出是樂天的筆跡。

D-E-S-T-R-O-Y

她怔呆地看着這組字：幻滅？她靈動的大眼睛一溜，馬上聯想到，樂天的失蹤。

他們當年發現了能通往仙境的古書《神話世紀》，人們能因此而穿越不同次元世界漫遊。然而，他們卻不幸遇上強風，樂天為救金鈴，被強風捲走，很可能是跌入了永不超生的幻象中。這種異事，說出來也沒有人會相信，她只好用自己的方式找尋他。

如今看着這組英文字，不期然想起：樂天為甚麼在出發之前，就預知這旅程會帶來「幻滅」？她的內心升起一種莫名其妙的震動：這會不會是他故意留下的線索，讓她找到他？

幻滅，是一種暗黑力量，它最可怕的地方，不是幻滅，而是絕望。疫情橫行，百業蕭條，金鈴腦海中縈繞不散的，不但是社會悲情，還有一種因不能繼續出走而產生的無力。

她找樂天已經十五年，根本找不到他。現在，她連出門也不可能，更遑論他會再出現。她，已經再沒有希望重見樂天。

這些年，她甚至開始擔心，漸漸淡忘他們之間的感覺。他們曾經相扣着的手，被迫拆散。Destroy令她想找回和樂天分別前，雙手緊扣着的最後一刻感覺。

如果找到那份感覺，她寧願孤獨終老，和樂天停留在回憶。

這樣，她便可以沉溺在幻滅的悲傷之中。

她無意識地在互聯網上搜索近期有關DESTROY一字的最熱門瀏覽，第一個名字竟是：DESTROY教室。

教室？這地方是教甚麼？

強烈的好奇，從她內心冒起。她依據地址，找到一間坐落在廟街這個本地文化集散地內的商業大廈裏的教室。教室並沒有浮誇的招牌，白色牆壁上只有七個黑色的大字：DESTROY，旁邊還有細小的一句：舞室。

這地方原來教跳舞？她天生四肢不靈光，手腳不協調；從未曾學習跳舞，更沒想像自己可以跳舞。她唯一對這間教室感到好奇，是它用「幻滅」來做名字。為甚麼要用這個和她現時心理狀況一樣的名字？

習慣了十五年馬不停蹄尋找戀人的她，無法繼續出走，慌不擇路，已經極度絕望。她忽然覺得這萬念俱灰的氛圍，和自己此刻的心情很相襯。

這時，門被打開，一個優雅的女人正和身邊的男伴說：「不用收拾士多房

吧，反正，我們都打算離開……」

當她看見金鈴，先是一愣，然後很快又回復溫婉的神情，問金鈴，是否來報名學跳舞。

金鈴看對方穿着紫色的旗袍款式舞衣和三寸閃亮高跟鞋，一身優雅，心生好感，跟她走進了教室。進門是一個小吧檯，正對面是一列小梳化。剛好，有幾個男女在換鞋，看是剛上完課。再進去，是一間巨型鏡房，和外面狹小的休憩室不成比例。鏡房地下是亮晶晶的木地板，踏上去還有着一種柔軟的彈力，不像硬地反而像草地。她仰望從天花懸垂而下的大玻璃鏡，想像自己在這裏跳舞是甚麼一個模樣。

穿着紫色旗袍的女士打斷了她的思緒：「你好，我是這裏的老師，叫百合。有沒有學過阿根廷探戈？」金鈴回過神：「阿根廷甚麼？我有去過阿根廷呀。」她奇怪對方為何問旅行景點。

「阿根廷探戈[1]。」她正色，再問一次：「你有沒有聽過？」金鈴搖頭。

百合老師有點失望：「你為甚麼來這裏？」金鈴心想，總不能說是因為找回和戀人分別前，雙手緊扣着的最後一刻感覺而找到這裏吧。她於是說：「正是因為我從未學過跳舞，所以想挑戰自己。」

金鈴看向一對在鏡前練習的男女。男的深情垂下眼睛，女的踮高腳尖，兩人相握，以相同的角度仰望天空，體驗一個全新世界。

這種關係，是試探的、你進我退的、相依相守的。繾綣如水，因為它變化多端；熱情似火，因為它隨心所欲。每一對男女，驚覺自己在轉變。在狂悲狂喜之中，既是謹慎恐懼，怕自己被侵略被佔領，又甘之若飴，在身體緊貼的一刻，迷失了自己。這種關係，是捍衛或掙扎的攻守之間，亦是清楚地看見自己內在最純粹、最不可或缺、最無法分割的本質。

眼前的不是跳舞，而是戀愛的溫度。那段，她曾經掌握的溫度。

1　阿根廷探戈是男女合跳的雙人舞，以即興為主，不按既定章法，而是靠臨場發揮。一般男生是引領者，女生是跟隨者。而探戈真正的魅力，也是在於讓舞者根據自身的情緒，跟隨不同的音樂，即興演繹出屬於自己風格的舞蹈。

第二章

金鈴第一次上課，只是穿了一襲平凡的粉橙色連衣薄紗裙。至於鞋，她只有一雙平底皮鞋。

她慣於四處旅行，從未曾嘗試穿高跟鞋。她看着百合老師穿一雙閃亮高跟舞鞋時輕如無物的姿態，好生羨慕。這才忽然驚覺，自己闖進了一個從不認識的領域。

教室其實是百合和她的丈夫利民開辦，兩人有共同興趣，一起為共同目標努力，取得世界冠軍之後，在香港致力教授大眾認識阿根廷探戈。

金鈴曾經到過阿根廷，記得它是一個移民國家，真正屬於阿根廷本土的東西並不多。可是，全世界卻有很多人對它的探戈音樂和舞蹈非常欣賞。她曾經看過一篇介紹：「探戈的音樂所以能感動人心，是因為它代表人們在艱苦的日子裏，對生活的傾訴。歌詞唱出的是人在他鄉的孤獨心聲，是他們的幻想、他們的愛情。現代人要從緊張的生活得到喘息，我們，可以從探戈找到一份希望。」

金鈴是一個凡事喜歡尋根問底的女生，她雖然不懂跳舞，但在上課前卻做

了一些資料搜集。十九世紀初，阿根廷首都——布宜諾斯艾利斯（BUENOS AIRES）對西班牙帝國來說，只是一個在偏遠小鎮。到後來，英國人來到阿根廷，興建一個完美的火車網路。這樣一來，地大物博的阿根廷，農產品和礦產都得以用火車運輸。阿根廷很快便成為世界上其中一個富裕國家，財富是西班牙及意大利的四倍。可是，當地嚴重缺乏勞工，政府便開始在歐洲招聘工人，大批移民開始湧進阿根廷。只是，他們不像去北美新大陸歐洲移民，他們並未帶着家眷，亦沒準備落地生根。這些歐洲人只想在阿根廷呆幾年，賺夠錢就回家。所以，來的大部份是男人。他們打工後，沒有別的消遣時，光顧酒吧和妓院，和來自不同地方的人聚在一起唱歌，跳舞。

當金鈴了解到這許多有關阿根廷探戈的故事，發現它是一種很有歷史[1]的舞蹈。它，是否正是用這種深厚內涵來吸引不同年齡的舞者來學習？

利民跟初來埗到的同學，幽默一下：「告訴大家，我在學跳舞之前，人人都說我是呆子。」大家哄堂大笑。他看向身旁的百合：「探戈，可以使最呆板的人在音樂一響的霎那間，投入美妙的舞步，感受它的溫柔和浪漫。」

百合微笑：「探戈的吸引力，是在於跳舞兩人之間的默契，如果他們之間關係好，跳舞就會跳得好。」

金鈴看見有影皆雙的二人之間充滿愛，心生疑問，舉手說：「教室為甚麼要叫DESTROY？」

百合反問：「你覺得有何不妥？」金鈴回答：「它蘊含『滅』的絕望。」

百合臉上升起一抹多愁善感的氣息，但隨即又消失了。

她溫柔地說：「我們想用跳舞消滅人與人之間的束縛，消滅人與人之間的隔膜，消滅人與人之間的悲哀。」

她看向金鈴的雙眸：「阿根廷探戈強調男女之間的擁抱，好的擁抱，可以令兩個孤獨的靈魂，得到溫暖，感覺不再孤寂。」

百合溫潤的聲線，彷彿擊中金鈴的內心深處。城市裏都是寂寞的可憐人，四處看是燈光璀璨，卻照不暖他們的內心。

金鈴若有所思，回憶起以往和樂天之間的片段，淚水充滿眼眶，她低頭避開百合的目光，百合亦識趣地開始教課。百合教舞多年，見盡不同學生的故

事。

這時，金鈴身邊一位身材飽滿的女生，臉頰胖嘟嘟，一動不動盯着她。對方見她揉弄眼角，主動給她一張紙巾。金鈴覺得這樣被陌生人打量，好像很不自在。但，對方明明是善意，她又沒道理反感。

她把聲線壓得很低，說了一聲謝謝。

對方把身體挨近，說：「嗨，你好，叫我桂思。」金鈴諾諾點頭：「師姐你好，我是金鈴，新來的。」桂思回答：「我只比你早一個月來學舞，算是同期。」

自從失去了戀人，金鈴慣性把自己困在四面圍牆之內。她完全沒有結識新朋友的準備；如今忽然遇上熱情的同學，有點不知所措。

金鈴禮貌點頭，繼續聆聽利民講課。

和傳統舞蹈教學不同，阿根廷探戈講求即興，課程少有規範，金鈴很擔心自己不能適應。上課之後，她發現利民老師的教學模式非常有系統．而且他很能照顧初學者，很快就發現金鈴的弱點，馬上加以糾正。

不少人在開始學習阿根廷探戈的初期，會覺得並不像看起來那麼容易。特別是在第一第二堂課的時候，連平時最容易的走路都不會，整個人似乎都是處於失衡狀態，更別説正確的舞姿。

金鈴跳舞時，要準備好左右腳重心轉換。男生需要注意女生的重心腳，女生則需要感受男生的引導，而不是自己隨便換重心。

當學懂了這些，才能講求表現，表現出優美舞姿，表現出個人情感。

課堂接近尾聲，她們走出鏡房。在梳化上換鞋時，金鈴座位旁的垃圾桶發出脆亮的聲響：一個啤酒空罐不偏不倚，跌進垃圾桶底部。

砰——她抬起臉，和一個男人打個照面。他身穿一件黑色馬甲上衣內襯淺色恤衫，修長褲管顯得他個子更高䠷。這人皮膚白皙，頭髮帶灰棕色，還有一雙會説話的眼睛。

他沒有注意自己的莽撞行為，會驚擾旁人。他匆匆忙忙，拿起背包，頭也不回奪門而出。

「有必要這麼趕急嗎？」桂思冷冷地看着他的背影。「這師兄叫森焱，但

他很奇怪，每次下課總是匆匆忙忙，甚麼人也不打招呼，平時同學聚會，他總有藉口推搪，每次都沒空參與。彷彿，世界只有他就夠了。」

金鈴沒有表示意見，她第一次見這個名叫森焱的同學，看着他，她心情上生出很大落差：這人為甚麼要營營役役，擺出一個活得積極的樣子？

森焱彷彿在努力尋求希望，她感覺到這是一種生命力。

相反，她的世界，如今只有絕望；面對他這種態度，她莫名其妙生起反感。

她問桂思：「他也是新同學？」桂思搖頭：「當然不是，他在這裏學了一年多。」

桂思告訴她，很多師兄會定時回來上初班的課，除了溫故知新，也是為了想幫忙新來的師妹。

金鈴想起剛才在課堂上，他的舞步純熟，每一個動作都是充滿自信。他不像是普通學生，反而有點像職業舞者。

桂思喋喋不休：「還有，你看他總是在上課前淺酌，面頰通紅，怎像跳舞？」

金鈴歪着腦袋，心想：從前的阿根廷工人們放工後，沒有別的消遣，只能光顧酒吧，尋找伴侶，跟來自不同地方的人聚在一起唱歌和跳舞。飲酒，不是和這文化背景很相似嗎？

她和桂思畢竟是新相識，即使對方繼續不滿意這位冷漠的師兄，嘀咕了幾句，但金鈴並未說出心裏的想法。

她當時完全沒想到，這人的出現是她人生的轉捩點。

這個外表冷漠，就如被探戈中的孤寂悲愁徹底包圍的男人，將會和她的命運互相糾纏，千絲萬縷。

1

他們住在專門租給移民的便宜處所，一種大雜院裏。一個大房子分成許多小房間，廁所、廚房合用。

這些窮苦、工作辛勞的移民，晚上聚在一起，只要有人彈吉他、拉提琴，男人就使出渾身解數，又唱又跳，歌舞一番，爭先恐後討女人們的注意。他們唱出、跳出愛慕之情，雖然互相因為語言不同無法交流，可是音樂和舞蹈把不同文化背景的人融合在一起，也成為了他們的共同語言。

這些來自不同國家的歌舞融化在一起，慢慢演變成一種在下層社會的獨特文化。當初這些移民，也許沒想到，他們所編的曲，所跳的舞，後來會成為阿根廷的國寶。

探戈不止傳遍了南美，也隨着阿根廷船員，飄洋過海在法國海港登陸了。最初船員們在酒吧裏，教當地少女跳探戈。到後來，探戈在巴黎被搬上了舞台，轟動法國。

與此同時，在阿根廷本土，探戈卻不被上流社會接受，可是有錢人家的少爺偏偏會反叛地去偷偷學跳探戈。當時有錢的阿根廷大地主，流行把兒子送到歐洲攻讀大學。當這些有錢少爺在巴黎大跳這種阿根廷舞蹈時，法國上流社會馬上為之瘋狂，人人爭相要學探戈。全歐洲都在跳探戈，在舞蹈影響下，女人的服裝也改變了，並且流行探戈鞋，探戈帽子，探戈裙子。探戈又重新從歐洲進口到了阿根廷，音樂家替舞蹈家作曲，樂隊替歌星伴奏，還有演奏探戈曲的樂隊。

第三章

在教室裏，有一位名叫羅賓的大師兄，為人很親切，總是面帶笑容。桂思從四面八方打聽，知道他擁有很多有趣故事。其中，最為人津津樂道，是他每逢放假，都會出門，去巴黎，去土耳其，去過很多地方。他不是為了去旅行，而是為了跳舞。阿根廷探戈在全世界各地都非常盛行，每個大城市都有特定的舞會場所，夜夜笙歌。據説，他每到一個舞會，都會結識來自不同世界的朋友，為他帶來許多有趣經歷。

金鈴聽到有這樣一位師兄，是喜歡旅行的同道中人，甚感興趣。

這天放學，她和桂思離開之際，一位中等身材的男人，剛好慢條斯理走出教室。「桂思！」他微笑。「羅賓師兄，你也走了？」桂思堆起笑容。

「對，跳完舞，有點肚餓，想吃宵夜。你旁邊是新同學？要不要一起去？」皮膚黑黝的他，笑起來特別親切。

桂思拉着金鈴：「好呀，金鈴我們一起去。」在金鈴還未反應得及的時候，桂思推着她的肩膀，跟隨羅賓走進電梯。

羅賓告訴金鈴，他在外國參加舞會時，曾經體驗過傳説中的魔幻時刻

（Magic Moment）。

羅賓說：「這是舞者最希望涉足的境界！」探戈魔幻時刻散發着一種感性憂鬱、熱情狂野，輕而易舉就把人帶入癡狂境界。

「那次，我在土耳其，第一次參加舞會[1]。在舞會上，我和一位年紀比我大很多的女士跳舞。她舉止優雅，我們跟隨舞曲旋律，彷彿有兩種不同的能量在音樂中交匯，開啟一道龐大光束。然後，我發現眼前銀髮斑駁的她，忽然變回年輕女孩。她舉步輕盈，和我親密相擁，默契地移動，和諧卻並不賣弄。那幾分鐘，我們彷彿共同經歷一場生死。難怪有人說，探戈像是一次水乳交融的性愛，又或者是一次深刻的心靈對話。這，就是傳說中的探戈魔幻時刻。」羅賓十分陶醉地說，眼瞳中閃出燦亮光芒。

金鈴聚精會神思考羅賓所說的探戈魔幻時刻。

她和樂天經歷過無數次出生入死，多次共患難，這是一種刻骨銘心的相戀。阿根廷探戈的探戈魔幻時刻，只有三分鐘戀愛，何以能比擬？

金鈴充滿懷疑。

「我也希望，人生中能經歷一次！」桂思的眼神充滿冀盼和嚮往。在金鈴看來，這是一見鍾情呀，到底和真實相戀有何分別？

金鈴的思緒，在廟街上空漫遊，直至食物香氣把她重新帶回地面。

廟街除了有印度和尼泊爾食品，最經典是有好幾間大牌檔，非常受歡迎，以露天攤販居多，都在街頭巷尾。它們的特色是，看起來似乎是一條小巷，上方架起了帆布，延伸到後面放了十來張桌，慕名而來的食客很多，排隊的人打了幾個轉。

羅賓是熟客，早就叫人留了檯。他們三人才坐下，羅賓叫了的三道菜式已上桌：臘味煲仔飯、椒鹽瀨尿蝦、豉汁炒蜆。在大牌檔裏，每桌食客幾乎是必點椒鹽瀨尿蝦，廚師用了大量的椒鹽葱蒜爆香，味道濃郁，完全蓋掉蝦的腥味，又不會過鹹。另一味豉汁炒蜆，以濃醬快炒，羅賓吃得津津有味，連自己的手指也不放過。

煲仔飯是主打食物，他們選了經典的臘味，是以香腸和臘腸鋪在白米上，然後用砂鍋以明爐炭燒炊熟而成。臘味的香氣滲入米飯中，羅賓淋上醬油，替

桂思和金鈴，每人添半碗飯。

羅賓不飲酒，叫了橙汁。桂思飲了一整杯啤酒，乘着點醉意跟羅賓説起教室裏同學。説着説着，她的腦海浮現起森焱不可一世的樣子。「那師兄總是木口木臉，放學就一溜煙走了。我昨天放學，無意中看見他在廟街一間歌廳前等候。説不好，他可能是在等歌女放工。哎呀，我知道了，他的職業一定是……」

金鈴放下筷子，聚精會神聽她繼續説。

桂思正經八百地説：「他是姑爺仔！」金鈴幾乎被口中的飯鯁死，她本能地嗆咳一聲，兩顆飯粒不偏不倚落在對座羅賓的前額髮尖。羅賓呆住了不能反應，旁邊的桂思反而笑得人仰馬翻。

正當金鈴怪不好意思，打算拿出紙巾替他抹臉和賠不是的時候，桌前出現了兩個身影，擋着大牌檔的射燈。

羅賓抬起頭看向對方，怔了一怔。「是你？」

金鈴看向二人，見是一男一女。女的用非常冷淡的眼光看向羅賓，她身邊的男人，身材魁梧，問：「他就是你前男友？看他這窩囊相，跳舞的人都是這種娘炮？」他的話語中充滿挑釁。

羅賓馬上用手拍去飯粒；來者不善，兩人站在他面前，笑得前俯後仰。羅賓漲紅着臉，他低頭，憶想自己曾經和眼前這女人拍拖，有情有義，她變心時他亦沒有窮追猛打。面對如此窘迫，他實在不知如何自處。

金鈴見狀，覺得是自己失態才令師兄出醜，她不動聲色霍然站身。

眾人一愣，金鈴輕蔑地用眼睛掃過女人，然後向大牌檔侍應招手：「夥計，你們這裏不准搭枱等位吧？這兩人不知從哪來，站在食桌前等位，那麼對後面排隊的人公平嗎？」金鈴刻意提高最後兩句的聲量，並誇張地指向等候入座的隊列。

排隊的人立即鼓譟起來，怒目而視，大叫兩人遵守秩序。沒飽肚的人情緒最易失控，群情激憤，任憑兩人想如何解釋都是徒勞，只能悻悻然夾着尾巴倉皇而逃。

羅賓回過神，欣慰地看向金鈴：「師妹有正義感又有頭腦，我羅賓交定你

這朋友了！」金鈴臉紅紅說：「師兄言重，是我要賠不是才對。」

一直沒有開腔的桂思馬上討喜：「那兩個人心腸狹隘，孩子智商，怎懂得我們跳舞的高尚？」

金鈴吁一口氣，見那對男女走遠了才坐下來。這時，她瞥見在大牌檔暗處一角，有一個人正在瞪着自己。他是森焱，他的臉上掛着一種彷彿看見甚麼趣事會心微笑，但當他雙眼接上金鈴充滿疑問的目光，隨即收起剛才溫暖的表情。

金鈴好奇他怎麼在這裏，但見桂思喋喋不休問羅賓有關他和前女友的事，不便驚擾，只好佯裝沒看見森焱。

在大牌檔的昏黃燈光下，森焱一邊把啤酒斟滿玻璃杯，一邊回想昨天的事。他當時經過廟街後巷，打算在濕漉漉的牆壁之間，避過被棄置的一個個大垃圾袋，抄捷徑回教室上課。

為了跳舞，森焱打幾份散工，日以繼夜儲錢交學費。不過，令他不惜離開豪門大宅，來到廟街這個平民大集會生活，並非只是為了跳舞——他內心隱藏着一個至今仍未有人能解開的謎題……

為了尋找答案，他在「幻滅教室」展開了一段意想不到的阿根廷探戈旅程。他學過很多不同的舞蹈，無可否認，每一種舞蹈都有它的吸引力。然而，他感到最有興趣，似乎是最近新學的阿根廷探戈。

他學習探戈一段時間之後，發現舞者兩人，必需穩定站在自己的軸心，重心放在腳前掌，持續處於「有了對方會更站得更穩」的狀態；又要在沒有自顧不暇的前提下，「把注意力放在對方身上」，是跳好一支舞的關鍵技術。

簡直，就在描繪愛情中兩人的關係。他覺得，這舞蹈很有趣。

就在他靈活地跳過凹凸不平地面上的水窪之際，他看見一個人的背影，對方束起長髮。目光如炬的他馬上就察覺，對方手上有那物件。

那人鬼鬼祟祟閃進歌廳的後門。他馬上覺得，和他想尋找的答案可能大有關聯。

可惜偏偏這時他趕着上課，即使腳步想跟着對方，也只得放棄。

他放學之後，匆匆忙忙來到剛才看見那人的歌廳。廟街只有數間歌廳，他

看見對方進入的，是最老舊的艾莉絲歌廳。

艾莉絲歌廳記載的，是上世紀銀幕歌女。當年，廟街上的曲藝社和歌廳雲集，歌女賣藝謀生之地。在歌廳最火紅的年代，歌女一踏上舞台，打賞源源不絕。

半世紀過去，歌聲仍猶在耳，回音飄散，歌女屬於過去，也是現在。

在廟街的黃金年代，每晚熱鬧沸騰。一般市民負擔不起夜總會的高消費，就走到附近的歌廳。粵曲是那個年代的流行音樂，夜夜熱唱，為基層提供廉價娛樂。很多人都說，上一代不少紅星歌手也是從這裏走出去。

現在，歌廳風光不再。港人北上工作、娛樂消遣，慣常來廟街聽歌的一輩也少來。歌廳生存空間愈縮愈小，歌女各散東西，艾莉絲歌廳是其中的滄海遺珠。

森焱因為工作關係，幾乎早午晚都在廟街出沒。有時是在街頭巷尾飲酒，有時又會在擺攤前行色匆匆。每天黃昏後，廟街擺出的攤位有六百米長，賣的東西很雜，有服裝、眼鏡、手錶、玩具、皮具、明星掛畫、望遠鏡、玉器、紫砂茶具、錢幣、飾物、舊照片、舊畫作等。

廟街是香港龍蛇混雜之地，亦是香港早期煙花之地，街旁建築物下，仍可見為妓女拉客的人。森焱和艾莉絲歌廳門口幾位年輕人打招呼，他認得他們，他們是附近「陀地」。他們收取保護費，維繫附近商業活動。這種關係很微妙，就像一種地下規律。

「陀地」們都見慣他，無需説話，點一點頭，天下誰不可以交朋友。

森焱站在街口，憶想剛才遇見那人走進歌廳後門時的情景。

對方雖然刻意隱藏那東西，但他百分之百肯定，它擁有那被喻為魔鬼魅影的神秘能力。

森焱一直想找的答案，説不定會在對方身上發現。

他決定，要在門外等。

1 探戈舞會，提供了一個社交邂逅的環境；雖然它的主要目的不一定是約會，而是跳舞。由於有明確的邊界，探戈為肢體接觸，創造了一個安全的空間。而且，人們要用自己的方式，與他們想接觸的人進行交流。探戈的目的，是讓男人和女人，在一個對兩性互動有嚴格規範的環境中相遇。

第四章

金鈴進入舞蹈教室，看見全是鏡子的牆壁，和穿着舞衣的百合和利民，面對着十多位學生。

在第一課時，老師曾解釋阿根廷探戈擁抱的方式有兩種：一種是男女雙方的身體保持一定距離；另一種是側身貼臉、女方左肩對着男方右肩。

阿根廷探戈舞蹈其獨特魅力之一，就在於兩個舞者之間特殊的擁抱[1]方式。桂思這時跟金鈴竊竊私語：「你一會兒要小心。我曾經遇上一位說要教我閉式擁抱舞姿的師兄，叫雷奧，他借機對我『抽水』！」

桂思用手掠一下自己的長髮：「我雖然天生麗質，但那人真太沒品。」

根據老師所教，為了能夠有效的傳遞舞蹈中的引導，或是有效的接收引導並及時做出反應，探戈擁抱應該舒適柔和，男女身體放鬆。

偏偏，雷奧一把就抱着桂思，還叫她整個人伏向他身上。這樣的話，舞伴之間的擁抱，會影響在舞蹈過程中保持自己獨立的平衡，甚至需要藉助對方的力量來維持平衡。

金鈴一臉難以置信，作為初學者，桂思根本沒可能知道怎樣的姿勢才是正確。

桂思繼續說：「幸好老師即時發現，她叫雷奧站去一邊，狠狠罵他一頓。我當時並不知道發生甚麼事，見老師過來親自教我，又見他悻悻然離開，才知道自己被他……」

桂思誇張地用雙手緊抱前胸，一臉猶有餘悸。

這天，上一課未完結，同學們在休憩室的吧檯等待。

自從上次金鈴見義勇為，替羅賓解圍，他和金鈴變得熟絡起來。他正在教授金鈴一些舒緩腳痠的方法，浸熱水呀，踩網球呀，總之他介紹了各式各樣的方法，讓第一次穿高跟舞鞋的金鈴，雙腳盡快適應。

桂思在一旁，看見他對金鈴如此關顧，語氣中帶點酸溜溜：「羅賓師兄連女生用甚麼舒緩腳痠也懂得，果然心細如塵。不知道的話，還以為你是女人。」羅賓知道她慣於口沒遮攔，一笑置之。這時，他站身，後褲袋中的銀包溜出來跌在地上。桂思眼明手快幫她拾起來，看見在銀包的邊沿露出一張小相片。

她抽出一看，見是一個戴眼鏡的外藉男生，相貌堂堂，又斯文。

她誇張地人叫一聲：「我真的沒看錯！羅賓師兄，你原來喜歡外國男人？

還居然悄悄把他的相片放在銀包裏？」所有同學都應聲看過來，羅賓漲紅着臉，手心冒汗。

桂思搶着照片興奮大叫，樂極忘形，不小心撞向在吧檯旁看手機的森焱。她大嚇一驚，森焱霍然放下手機，在桂思和金鈴身邊緩緩說。

「你們是指這個？」他從背包掏出幾張相同的照片。「那是我給羅賓的。要的話，也送你——是普格列斯[2]的祝福（Pugliese's Blessing）。」他把相片塞到金鈴手中。

森焱拍拍羅賓的肩膀，走出教室外等上課；羅賓吁一口氣。桂思這時走到他身邊，裝可愛地賠不是，若無其事問他誰是普格列斯。

羅賓避開桂思的蠱惑目光，看向金鈴臉上流露出期待的眼神，便說：「每個跳舞的人都知道有這普格列斯。」

「你們現在常常聽到的音樂，都和他有關。普格列斯為阿根廷探戈音樂做出了偉大的貢獻，他創造的多重旋律層次的疊加，戲劇化曲風更推進探戈音樂的藝術發展。因此，在跳舞界就出現了這樣的傳說。」

金鈴怔怔看着手中的小照片，問羅賓：「這是甚麼？」

「普格列斯的祝福。學習阿根廷探戈的人，會把他的相片貼身收藏，他會幫助舞者，在舞步中展現強烈的憂鬱和浪漫。」羅賓把相片，貼在胸口上。

羅賓閉上眼：「有時，只要把相片放在襯衣口袋，在最貼近心臟的地方，就會感到有一股暖流在身上流過，從心臟經過血管，連接大腿，再往腳掌，舞者就是如此得到力量。」

桂思嗤之以鼻，說：「哪有這麼神？我才不信這些鬼話。」

金鈴搖頭：「這有甚麼稀奇？難道世事必然非黑即白？我們以為知道的和掌握的，是現實；但誰知道，世上還有更多我們不知道的種種……」

她感慨地轉動手上的男裝錶。

自從離開樂天的故居，她除了睡覺和洗澡，便幾乎沒有脱下手錶。錶上那跳舞的神女，她的一手和一腳，變成時分的指針。她聽着它嘀嗒嘀嗒行走，彷彿它也有心臟，是活生生在行走。

「我們以為知道的和掌握的，是現實；但誰知道，世上還有更多我們不知道的種種……」她想找回和樂天分別前，雙手緊扣着的最後一刻感覺。這點維繫，令她停留在幻滅的悲傷之中。

一牆之隔，在課室外等待上課的森焱，聽到這位陌生的師妹一番感慨，不由得陷入沉思。

家人和朋友對於他整天流連跳舞場所，不能理解。他已經學過很多種舞蹈，從現代舞，到摩登舞和拉丁舞。摩登舞起源自歐洲宮廷，是貴族在宴會時的社交。拉丁舞起源自拉丁美洲，是平民在舞廳娛樂。

他用了不少時間，細心鑽研不同舞種，尤其雙人舞。

舞蹈作為一項健康而高雅的運動，受人熱愛。他喜歡韻律和舞動的感覺，除了因為在表演上更有可觀性，還因為，他覺得，舞蹈是為了表現個人，從肢體到情感。

森焱清楚知道，舞蹈以功能性[3]為主，多為體現生命價值。但，當他愈跳得久，愈覺得跳舞不僅是一種表現。它應該包含更多……但到底，它還包含甚麼？為甚麼，它會令接觸過它的人，都如此着迷？

他曾經問過其他人這問題，但似乎沒有人明白他想追尋甚麼。

他知道在禪修中，有一種叫「參話頭」[4]也許，反覆思考和提問，才能找出隱藏在他內心，這個至今仍未有人能解開的巨大謎題。

森焱不知道自己為何內心有如此強烈渴望，而想得到這答案；不過，他剛剛聽出金鈴這新來的小師妹語帶感嘆，內心卻被共振出一種前所未有的狐惑。

1 這種擁抱比其他社交舞蹈的擁抱更為親密、曖昧。正因為這樣特殊的擁抱方式使得兩個舞者上半身看似融為了一體，而下面的雙腿卻可以靈活的各自舞動。

跳探戈舞時，男女雙方靠得較緊，男士摟抱的右臂和女士的左臂都要更向前一些，身體要相互接觸，尋找出女方的重心。

在舞蹈中，要做到上半身「靜如止水」，下半身卻是「火舞飛揚」。

2 奧斯瓦爾多 • 普格列斯是一九〇五年出生，他是首位音樂家將阿根廷探戈的演奏發展成音樂會的形式，並將探戈音樂的戲劇性提升到了巔峰，更得到了國家探戈學院授予的榮譽院士稱號。普格列斯在十九歲組成了四重奏樂團，當時他就寫下了他最著名的探戈樂曲《回憶》，而這首曲，被許多人認為是純音樂風格的探戈樂曲始祖。

普格列斯在二十四歲那年再組成六重奏樂團，並在著名的國家音樂館進行演出，然而這個樂團在一次阿根廷境內的巡迴演出失意，而不得不解散。十年之後，他捲土重來，成立伴隨他一輩子的普格列斯樂團，演奏空前轟動。他擺脫了傳統探戈音樂中固定節奏，而演變出隨着情緒起伏、忽快忽慢的節奏，締造了探戈音樂中富有強烈戲劇性的曲風。

3 事實上，舞蹈的起源一直可以上溯到原始社會的遠古祖先。人們在生產勞動中，或是在戰爭的搶奪中，或是在節日的歡慶中，扭動身軀，亮出自己雄健體魄或美麗身形，後來人們將它規範起來，就成為舞蹈。

4 參話頭，最早始於南宋大慧宗杲禪師，由公案禪發展而成，盛行於臨濟宗之中。它正是，幫助令人們自我尋求心中的困惑的過程。

所謂「禪」，是一種觀察守護的意思，即內觀。話頭，是指説話的前頭，亦即是在動念要説話、未説話之前的那個念頭。修行者把自己的念頭集中在一句話，或一個問句上，觀察自己內心，之後升起疑情，在打破疑情之後，由此來得到開悟。

第五章

利民老師下課前，向同學介紹了一齣探戈電影。「最近皇室戲院重新上映《春光乍洩》[1]，我和百合有去再看。這戲由王家衛導演，梁朝偉與張國榮兩位傳奇影星毫無保留的真情演出。而最特別是，這電影由一代舞王胡安・卡洛斯・科普斯（Juan Carlos Copes）專誠親自指導。」

百合開腔，語氣帶點幽怨：「挑逗與拒絕，火辣纏綿，他們的愛，是一場漫長的探戈。時而若即若離，時而融為一體，你來我往之間，剩下盡是寂寥與傷悲。」

利民老師微笑：「電影裏時不時會響起探戈的配樂，既帶着南美浪漫異國風情，也帶着濃烈的憂傷惆悵，是初學者認識音樂的最佳方式之一。」

金鈴的思緒卻飄到很遠。

《春光乍洩》談的是愛、寂寞與遺憾，相愛的兩個人，不一定能夠一起走到最後。人們在愛情裏，悲傷常常大過於開心，是因為太在意對方，而患得患失，有時甚至會迷失自己。多少情侶，終於走到了目的地，卻遺失了對方。再熾熱的愛情，也不一定可以從頭來過。

在這座城市，我遺失了你。金鈴看着手腕上樂天留下的手錶，心裏被扎了一下。

下一次，我們會幸福嗎？

她一邊想，一邊離開教室，在大街轉角，隱約看見森焱的身影。他剛才又是一如以往，下課時幾乎要奪門而出，不知趕緊要做甚麼似的。

她的腦海中浮現起桂思說他是「姑爺仔」，專門誘騙女生投身色情事業。金鈴覺得森焱很古怪，說不定在他花盡力氣去生存的背後，是有不為人知的另一面。好奇心驅使下，她便悄悄跟在他身後。在大街上人來人往，即使被看見，亦不會生疑。

他來到一間歌廳附近，金鈴心想：這是上次桂思見過他的地方？

他徘徊了一會，似乎是在等人。然後，他看看手錶，便三步拼作兩步向大街方向走。

金鈴亦步亦趨，猛然發現，他消失於一幢舊樓的入口。她定睛，向門楣上看去，發現那裏竟掛着一個時鐘酒店的黃色燈箱招牌！她當場愣住。

金鈴心想：桂思果然沒説錯。她懶得深究這人的黑暗面，不如去看利民提及，在皇室戲院重新上映《春光乍洩》電影，一齣悲情電影，和她的狀態相符。

數小時後，她來到戲院售票亭，職員冷淡地指一指即場上映屏幕，説：「落畫了。現在上映的，是《探戈情未了》（*Our Last Tango*）。」

金鈴一愕，她完全沒想到電影已經放完，正在懊悔為甚麼不早點來看之際，看到今日上映的電影《探戈情未了》介紹，當中有一個熟悉的人名：胡安・卡洛斯・科普斯[2]。

看來是緣份，金鈴當下決定買票入場。

甫坐下來，她在微暗的戲院裏，看到前方右排有一個熟悉的身影。他是……

為甚麼他會在這裏？他也來看這齣電影？即使他要看電影，身邊應該有很多女人陪伴，怎會獨個兒來？

金鈴打量森焱的側臉，反射出熒幕上的閃爍白光，她心裏轉出一連串問

號。

影片裏的瑪莉亞年輕時追求者眾，但她為愛癡狂。然而，她卻只對科普斯動心，偏偏，俊逸的科普斯深受眾多女孩歡迎，瑪莉亞黯然神傷。為能跟科普斯在一起，於是開始勤練探戈。與此同時，科普斯經過艱辛練習，舞技亦精進不少。不久兩人再遇，他邀瑪莉亞為舞伴，就此定情，再也離不開對方。

遠赴紐約發展的科普斯與瑪莉亞，一開始並不順遂，懷才不遇的兩人還餐風露宿、居無定所。有天科普斯突發奇想，邀瑪莉亞在餐桌上跳探戈，瑪莉亞提心吊膽上桌共舞，卻效果奇佳，新奇的「餐桌探戈」成為百老匯一票難求的表演節目，讓兩人聲名大噪，從此名利雙收。現實生活中，科普斯與瑪莉亞感情很好。據傳瑪莉亞因為太愛科普斯，經年累月陪他巡迴世界表演，不僅不敢懷孕、甚至還曾流產。探戈路上，兩人相伴走過五十五年。

然而，情路上，卻是彼此的冤家。

科普斯才華洋溢，風流倜儻，依戀瑪莉亞的同時，緋聞不斷，兩人離離合合數十年。一直夢想相夫教子生活的她，最終沒能生育，耿耿於懷。因此當她知道有其他女人替科普斯懷孕生子時，整個人情緒崩潰、痛不欲生。

科普斯再娶妻子蜜莉安讓瑪莉亞傷心欲絕，他和瑪莉亞變得不再言語，卻因彼此熱愛探戈，竟又繼續共舞了二十年。科普斯妻子蜜莉安為他生下女兒，卻始終將他的「最佳舞伴」瑪莉亞視為頭號情敵，對科普斯下最後通牒，要求他在家庭和舞伴之間作出取捨。科普斯在一次巡演前，毅然決定要跟瑪莉亞正式分道揚鑣，這對兩人事業，都是一大重擊。

直到這齣電影《探戈情未了》開拍，兩人才重新聚首。

金鈴看到，「舞后」瑪莉亞在片中以一句「所有為男人流的淚，都是不值得的」來為自己這場超過半個世紀的愛戀作結時，感懷自身。

瑪莉亞和她深愛的男人，一別十五年。

她和樂天，剛好亦是分別了十五年。

一場舞壇佳話，同時亦是一場幻滅的愛情，終究落得一場空。

一場幻滅的愛情。她想到，自己和戀人也許相會無期，悲從中來。

她的淚水浸滿眼眶，淚流滿面。

就在這時，她意外地發現，不遠處的森焱，正在微微聳動肩膀——莫非，他也在抽泣？

旁人眼中桀驁不馴，離經叛道的森焱，居然會傷感流淚？

她帶着更多的不解，離開戲院。就在這刻，兩人竟然在洗手間外撞個正着。

正在思考如何開腔與陌生的師兄寒暄的金鈴，舉起右手，準備給對方一個招呼。

電光火石間，森焱在她身邊擦身而過。

他完全沒有打算和她相認！

金鈴的右手凝在半空，不知該放下來，還是不動作比較好，尷尬得雙頰發燙……

她心裏暗罵：到底這人還懂不懂甚麼叫基本禮貌？

她看着這男人冰冷的背影，漸行漸遠，消失於五光十色的商店之間。

一股腦兒走出洗手間，趕着離開的森焱，心裏有一種說不出的激動。

他很少因為一齣電影而感動。他專誠來看這齣電影，並非為一個愛情故事。他想看「一代舞王」的傳奇而已。

他知道科普斯的驕人成就並非天生，影片中有揭露他努力練習的辛酸。而科普斯令探戈在世界受到關注，正是森焱嚮往的成果。

原本，他不是為他們的愛情而傷春悲秋。然而，剛才卻因為另一種力量而莫名感動。

最後一幕，由於電影《探戈情未了》的拍攝，兩人回到家鄉布宜諾斯艾利斯、並在一萬五千人的見證下表演。十五年未見的二人，來到在他們相知相識的米隆加探戈舞場舊址登台共舞。

往事歷歷在目，瑪莉亞，以一生青春，成就了最愛「舞王」科普斯。表面上，瑪莉亞雖維持着她一貫的鎮定與優雅，台下見證這段半生緣的一萬五千名觀眾，卻早已感動得哭成淚人。他們除了以空前絕後的精彩舞技博得喝彩，也以這段跨越世紀的愛恨情仇，重燃世人對美好的追求。

這種由幻滅的愛情，而衍生出感動人心的力量，到底是甚麼？和跳舞有甚

麼關係？

森焱內心被強烈地撼動。

1 梁朝偉演黎耀輝，張國榮演何寶榮，他們是一對戀人。一段戀情離離合合，走着走着，跨越了半個地球，從香港到了阿根廷。在布宜諾斯艾利斯這座憂鬱又浪漫的城市，兩人各自漂泊了一陣子，有一天，渾身是傷的何寶榮踉蹌着來到黎耀輝的住處，或許是因為異鄉的孤獨、或許是舊情未了，兩個人又走到了一起。到何寶榮的傷好了，兩個人關係中的平衡點，也再次搖搖欲墜。

2 科普斯是世界知名的舞王，是《春光乍洩》電影的舞藝指導。他是一代舞王，也是第一個人創作精心設計的探戈舞台表演，還曾參與七部電影的製作。在疫情期間在布宜諾斯艾利斯醫院，因染疫離世。科普斯生前教了許多舞者，二〇一五年退休。同年，德國克拉爾拍攝《探戈情未了》（*Our Last Tango*），描述探戈史上這位最知名的「舞王」與他的「舞后」瑪莉亞的舞蹈傳奇。

第六章

自從上次大牌檔事件，羅賓覺得金鈴善良又有正義感，是一位難得的女生。

他見金鈴總是一個人獨來獨往，怕她寂寞，於是殷勤介紹其他男同學給她認識。

學校裏有一位叫喬希的男生，他是典型的陽光男孩，皮膚黑黝，喜歡運動，喜歡笑，喜歡説話。他和每位同學都維持友善關係，而他對金鈴，亦特別關顧。

第二堂課，他主動請纓，陪她去買新跳舞鞋，羅賓也贊成金鈴要買一對探戈高跟鞋練習比較好。

他告訴她，阿根廷探戈鞋的鞋跟要夠高，才能令舞者的腿更修長。而且，跳舞需要很多急步重心轉移，穿高跟鞋更方便跳舞。

金鈴沒想到，一對鞋也蘊藏大學問。從羅賓從喬希從很多師兄師姐身上，她不明白為甚麼大家放工後，寧願拖着疲憊的身體，來跳幾小時；卻不回家休息便算？阿根廷探戈到底有甚麼魅力？

金鈴心裏，升起一種好奇。就像她不明白，森焱為甚麼會花這麼多時間去演繹生命，如此積極跳舞，彷彿要尋找希望。

喬希每次上課前，都會找金鈴去喝點東西，久而久之，她開始和喬希熟絡起來。喬希是一位建築師，卻不像一般專業人士，舉手投足都要保持高尚，捍衛自己的白塔。

喬希告訴她：「每一個舞者，在每一個時刻，都在積極地保持自身的穩定、腳踏實地，感受自己的軸心。而在停頓[1]時，要幻想自己是一幢大廈，高聳入雲，傲視同儕。」金鈴聽着，覺得這位師兄說話風趣生動。

每一課，老師都會叫同學交換舞伴練習，用以盡快掌握和不同類型高矮肥瘦的對手共舞的訓練。

然而，喬希絕大多數時間會守在金鈴附近，好讓他能第一時間和她練習。他舞姿熟練，而且又有耐性，即使金鈴跳錯，他也會溫柔地說：「在探戈裏，沒有所謂錯步，不像人生。跳舞簡單得多，直接得多，接下去跳就可以，所以很棒。」

金鈴問：「師兄，你跳舞跳了多久？」

喬希微笑：「嗯，六年吧。」他看着她驚訝的表情，繼續說：「老師常叫我們，即使上完高級班，也要多練習，反覆上初班能打好基礎。」

金鈴和喬希保持着正規的「閉式擁抱」[2]。雖然，桂思上次曾告訴她有關另一位叫雷奧師兄的「抽水」行為，但她發現，他只是極少數的害群之馬。來學阿根廷探戈的男同學都是謙謙君子，大家總是以禮相待。有時，他們見女生尚未習慣，雙方甚至只是上半身相互靠近，留有一定空間。

喬希是一位很有音樂感的師兄，他自小習琴。此刻正在等候上課，他斟了一杯水給自己，又替金鈴斟了一杯。他告訴金鈴，對一個探戈舞者來說，音樂[3]學習是很重要。舞者要迎合着探戈音樂前進，晃動，搖擺；但如果沒有音樂，那就不叫阿根廷探戈。

金鈴有所領悟：「聆聽音樂能提高舞者技能。如果我學懂細緻聆聽，將內心與音樂聯繫緊密，我即便沒有學習任何新舞步，也會開始起變化？」

喬希眼裏流露驚異的神采，豎起拇指：「師妹厲害，舉一反三。」金鈴看

着他這表情，忽然想起，以前和樂天去旅行，每次她做了一件有趣的事，他都會用這種有點誇張的語氣，豎起拇指讚她。喬希身上散發的陽光男孩氣息，的確似曾相識。

桂思見金鈴和喬希最近老是在一起，下課時問她：「你們拍拖？」金鈴一愕，按着她的手：「別亂說！」桂思壓低聲量：「我們是好姊妹，你不能不第一時間告訴我。」

金鈴看着眼前的同學，腦海中不禁重新定義，甚麼是同學，甚麼是點頭之交，甚麼是普通朋友，甚麼是好朋友……

「不是啦。」金鈴沒好氣，站起身好整以暇，準備離開。

桂思窮追不捨：「人人都看出喬希在追求你，你這是騙誰？」

就在這時，喬希換好鞋，問金鈴：「可以走了？」

金鈴點頭。她感覺到，身後的桂思，幾乎想用鋭利的雙眼，在她背上鑽洞，要看穿她的心事。

然而，桂思又怎會明白，金鈴此刻的心情？她的最愛，早已離開了她。

金鈴和喬希並排而走，但她下意識與他保持着一段距離。喬希是很好的男生，和他做朋友會是很愉快。可惜，他並不是樂天。在世上，她不會找到另一個人，能像樂天一般，與自己有着默契，人生觀和價值觀完全吻合。

樂天，不但是她的戀人，也是她認定的靈魂伴侶。上天太殘忍，讓她在今生找到他，卻又失去他。

曾經滄海難為水，她內心，已經因為一段幻滅的愛情，而枯竭。

在同一條街，在他們的幾步之遙的身後，有一個人低着頭，正在為等待另一個人而發愁。

他是森焱。他已經來了歌廳門口好幾次，卻一直碰不見上次見過，那個手中拿着稀奇東西的人。今天，他決定要走進歌廳。

歌廳每天下午開場，直到午夜清晨。

他推開歌廳一扇門，恍如時光倒流，像置身另一個世界。燈紅酒綠的裝潢陳設，高低曲調的旋律，這樣的格調和氣氛，芳華已逝的女人，舞台上舉手投足傾倒眾生，半世紀過去，歌女的歌聲仍猶在耳。對聽客來説，熟悉如初，一

直沒變。

這裏幾乎沒有像森焱這年紀的聽客。年過五十的歌女，駕輕就熟地獻唱，衣着打扮不亮麗，與普通中年女人無異。她們一邊眼看曲譜歌詞，一邊看咪座旁的透明小膠箱，客人準備打賞時，她會更落力地唱。

台上紅紅綠綠的燈飾閃着，台下一片灰髮，有人聽入心扉，投入擺動，有人盡情飲酒作樂，有人全不裝載，百無聊賴地呆坐。

有歌女來到森焱身邊，叫他點歌，一百元一首。他問：「你懂得唱探戈？」歌女看着銀紙雙眼發光：「《苦酒的探戈》是閩南語，我只懂一點；如果唱《酒醉的探戈》，又如何？」歌女上台唱了一曲，歌曲中充滿無奈和傷感。她唱罷又來請他點唱。他再給她塞一張紙鈔，問：「你們這裏是否有一位懂得演奏六角手風琴的人？」他那天，在後巷，分明是看見他的身影，進入了這歌廳。

那女人眨着塗上綠色眼影的眼睛，眼珠一溜：「班多鈕？」

森焱說：「你認識班多鈕？」他完全沒想到，一個歌女居然知道在阿根廷探戈音樂中舉足輕重的六角手風琴的音譯名稱——班多鈕。他不禁驚嘆：香港果然卧虎藏龍！

「這附近誰不認識班多鈕？」歌女點了一根煙，在吞雲吐霧中半瞇着眼尾的皺紋：「班多鈕脾氣非常怪，不大理睬其他人。他不修邊幅，二十四小時都在喝酒，一頭長髮乾燥得像雀巢，多嚇人。如果他不是這裏彈電子琴的傢伙，我才不和這酒鬼打交道。」

森焱一臉驚呆：那個和六角手風琴同名的人，是這裏的樂師？

1 停頓（Parada）是初學者的常用招式。男生站着不動伸出一隻腳，女生用自己的腳去踫他的腳背。

2 女生左手通常環繞過男生的肩部，像衣服掛鈎那樣放於男生右肩部上方，男生的右手一般會在女生背部。當兩人開始跳舞時，先找到各自的重心，然後調整擁抱姿勢，接着向對方走近，最後完成連接。

探戈是一種與人相遇相知的舞蹈，是讓我們學習與另一個人建立緊密的身體連接。這種連接是深刻的，但卻與性無關。作為現代人，在冷漠的城市氛圍下，人們大多缺之這種身體接觸。我們的環境，很少為我們提供一種與性無關的身體接觸。除了愛人，我們很少敢觸摸家人，更不用說朋友。但越來越多的科學研究證明，身體接觸有助於治癒抑鬱症，減少焦慮，和提高愛情荷爾蒙的水平……

3 阿根廷舞曲，源出非洲，強拍細碎，弱拍平穩，節奏強烈。到了後來，大量意大利、西班牙等移民的湧入，才令探戈音樂發生了很大變化，着重表達憂傷情感。

舞蹈並非像機器人，一步又一步，一個舞序接一個舞序：它是遠不只如此的。阿根廷的探戈音樂，充滿了深沉的情感。探戈音樂最典型的樂隊形式，是由鋼琴、六角手風琴和小提琴演奏旋律。其中源自德國的六角手風琴是最具特色的探戈樂器。從六角手風琴的旋律中，我們能聽出阿根廷人濃濃的鄉愁。它甚至超越音樂的本身，能觸動舞者核心。

第七章

歌廳裏，即使大白天也是漆黑一片。

醉醺醺的中年男人，散着銀白色的鬈髮，搖頭晃腦，跌跌撞撞，帶着一個六角手風琴。六角手風琴是紅木所製，刻着雕花，雖然有點老舊，但反而更有味道。

他抬一下棕褐色的絲絨紳士帽，露出像死魚一般反白的大眼睛，有點滑稽。他擁有輪廓分明的五官，是典型南美混血兒。酒意把他的臉染成大紅，銀白八字鬚上還沾上幾滴酒滴，步履蹣跚，走到舞台後方。

在這個舞台的最暗角落，是他二十年來生存的地方。

他彎背，把六角手風琴收藏在電子琴下方。後面的燈光師，忍不住又問：「班多鈕呀班多鈕，從未見你彈這手風琴，但你怎麼會十年如一日拿着它來歌廳？」

班多鈕笑瞇着眼睛：「你請我飲酒，飲到我醉了，我馬上告訴你這秘密。」

燈光師晦氣地搖手。

班多鈕挑起眉毛，吹鬚碌眼：「這是一個大秘密，大秘密呀！」他神經質地重重敲一下琴鍵，驚嚇了懶洋洋癱坐在梳化上玩手機的歌女。

「老鬼，有一個年輕人來找你。」一位歌女站在遠遠向他說。

班多鈕的臉上沒有一絲驚喜，或一絲憂慮。他不會認識甚麼年輕人，也不在意這個人是誰。更重要是，管他是天皇老子，和他根本完全無關。

就在這時，歌廳的門打開了，一個穿着淺色長袖襯衣的男生走了進來。

梳化上玩手機的歌女抬起眼睛，含笑：「小伙子，你來了？」男生點頭：「還不是多謝你提點我，要在這時間前來。」歌女攤開手板。他打開銀包，眼神有點遲疑，拿出最後一張百元紙鈔給她。

森焱知道，有錢使得鬼推磨。只是，他的閒錢亦不多，不能再慢慢消磨。他深信，這人一定知道他心裏想尋找的答案，他今天一定要問個明白。

歌女指向舞台的暗角，說：「他在那……」

她忽然跳起：「他去了哪裏？」

但見，一個男人的身影，提着六角手風琴竄往後門。

森焱馬上拔足追上去，他緊跟着他身後，穿越後巷，來到大笪地，有數個歌檔，有觀眾正在圍觀歌女唱歌。草根民眾負擔不起歌廳的高消費，就走到這個露天的平民夜總會。

班多鈕本來只是一心覺得，不想自己生活被打擾，所以這麼多年來，他一直避開其他人的糾纏。

如今被他追了好幾條街，上氣不接下氣，心裏有點生氣。他猛地轉身，瞪大眼睛，想唬嚇森焱。

森焱指向他手中的六角手風琴：「先生，我沒有惡意。我叫森焱，來找你，只是為了它。」

就在聽見他這麼說的一刻，班多鈕止住，問他：「你知道這東西？」

森焱點頭：「六角手風琴到底為甚麼被人形容為『魔鬼的樂器』？」

班多鈕為了打發他走，一口氣說：「這主要是因為它的鍵盤排列沒有規則[1]。」

他轉身，拋出一句：「這東西，不是人彈的，是魔鬼彈的。」

森焱一個箭步上前請求：「我是跳阿根廷探戈的，你可以即席彈一曲給我嗎？」

班多鈕不耐煩大叫：「我不是跟你說，這是魔鬼彈的樂器！你覺得我似魔鬼？」

森焱一臉誠懇：「求求你。」班多鈕看他一眼，忽然心生一念，想作弄他。

「好，你想聽，我可以達成你心願。不過，阿根廷探戈講求即興。這裏是大笪地，和布宜諾斯艾利斯的街頭藝術氣氛，倒有幾分相似。你若能在十五分鐘內，找到一個女生和你在這裏即興跳舞，我即席為你們演奏。若你做不到，我永遠都不想見你。」

班多鈕明知他沒可能在如此短時間找到合適的人共舞，他只是故意為難這男生。

森焱一聽，心裏慌張起來。探戈音樂的情緒表達，既直接暴烈，卻又內斂細膩；樂曲音色綿密，表情略帶壓抑或者華麗；在基本框架內以高度的自由性，給予情感飽滿呈現的空間。

它的靈魂，就是六角手風琴；他真的很想聽到這樂器的現場聲音。

電光火石之間，他想到一個方法。

DESTROY教室不就在這附近？他跑到街口的商業大廈，熟練地快速按動電梯按鈕。

他在電梯內焦急地盤算：下課已經好一段時間，又剛好是用膳時間，不知道還有沒有人未離開教室……

衝進教室，一個人也沒有！他失望地掛下臉，心想：即使現在打電話給女同學，也未必來得及。

就在這時，一位女生剛用完洗手間出來。

「你未走？」他瞪視着眼前的金鈴。

金鈴被他突如其來的關注嚇住：「我剛剛肚疼，打算換完鞋便離開……」

森焱沒等她把話說完：「太好了，你跟我來！」

「去甚麼地方？」金鈴問。森焱一把拉住她手臂：「抱歉，沒時間了，我們邊走邊說。」

金鈴指指腳上的高跟舞鞋。他微笑：「我帶你去跳舞。」來到大笪地，金

鈴被帶到一個醉醺醺的男人面前。

此時，班多鈕看見森焱居然拖着一個女生準時前來，目瞪口呆。

他嘆一口氣，拿出六角手風琴試音：「好吧，你們出去準備。」站在露天小廣場，眼見開始有途人靠近圍觀，金鈴呆若木雞，這才意識到，森焱是要她和他在街上跳舞。

她馬上搖頭：「不行，這是大街大巷。」

森焱笑逐顏開領她到人群中心：「有甚麼關係？阿根廷探戈本來就是在街上跳。」

金鈴很想離開：「我才學了兩個月，很多舞步也不會。」

森焱說：「沒關係，你只要放鬆跟我跳。」金鈴狐疑：這人對跳舞如此信心滿滿？

音樂頭幾個音符響起，森焱一聽就知道，這首歌是：《我聽到你的聲音》（*Oigo tu voz*）。

高䠷的他不慌不忙，來到她面前，金鈴內心充滿未知的猶豫：眾目睽睽，自己若跳不好，會不會被途人恥笑？

森焱在她耳邊說：「你投入感覺，就會跳好。知道這首歌是甚麼意思嗎？它充滿傷感。」

歌詞大概是：

對死亡的恐懼，對生存的渴望，是夢想抑或真實？

歌唱着我遺忘的，訴說着我遺失的……

是否在我的門外是你，是否真的是你的聲音，

我不想打開門，不想為了幻想破滅而哭泣。

金鈴聽完森焱這麼說，心裏被憾動了……不想為了幻想破滅而哭泣？

她聯想起樂天——在我的門外是你？是否，他真的在她門外？她的內心抽搐了一下。

她從未淡忘他們之間的感覺。此刻，她的內心滿瀉着一種幻滅的痛苦。

1

跟其他鍵盤樂器相比較，六角手風琴，又名班多鈕，可能是唯一一個左手鍵盤跟右手鍵盤的音高排列完全無邏輯法則的樂器，感覺上就像是把鋼琴每個鍵拿下來，把原來照音高排列的順序打亂的感覺。同個按鍵，風箱打開時，與跟關風箱時所發出的聲音又不同，等於說，演奏者要懂兩套鍵盤規則，一套風箱，一套指法；還要能夠適時的切換。

第八章

你曾經厭棄過自己嗎？覺得自己不夠好、一心想成為別人？這樣的想法，從離開家鄉開始，每天都在班多鈕的腦海中出現。

那幅既熟悉又遙遠的畫面，經常在他腦中勾勒出來。一位咬着紅玫瑰的舞者，和舞伴如情人一般貼近，翩翩起舞，背景裏樂隊演奏的，就是一支溫婉深情，又帶有少許遺憾的探戈，象徵着狂戀與神秘的探戈樂曲。

班多鈕誕生於阿根廷的海港城市馬德普拉塔，是阿根廷著名旅遊勝地，他的父母就是在此相遇。後來，父親離開了，母親沒有交代他到了哪裏。

他母親是一位典型的阿根廷美女，大眼睛，身材勻稱。班多鈕跟隨母親長大，家庭環境惡劣，學業成績又差，從小被視為「不入流」的小混混，但他喜歡音樂。生活十分艱難，所幸母親沒有因此而喊出「飯都吃不飽，還學甚麼音樂！」；相反，會跳探戈舞的母親，非常希望兒子也能接觸音樂，尤其是阿根廷的探戈音樂。

每天晚上，當母親完成了酒吧表演的工作後，回家都會放探戈唱片來聽。這也是，為甚麼班多鈕母親為兒子，取一個和六角手風琴一樣的名字。班多鈕

手風琴，即六角手風琴，是探戈音樂的靈魂樂器，能表現多愁善感與思念的情懷。

班多鈕耳濡目染，是個十足十的探戈音樂小粉絲。班多鈕從小聽這音樂，每一段音節，每一個音符，早種在心裏。

為了讓兒子接觸探戈樂，母親千辛萬苦從朋友處討來了一個二手的六角手風琴，當作班多鈕的八歲生日禮物。這個能發出迷人音色的六角手風琴，擁有獨一無二、渾厚多變的音色，在風箱拉合之間所發出的特有氣聲，雙手甩動琴身產生的爆裂聲響，猶如超強磁鐵，牢牢地吸引着班多鈕。

班多鈕的六角手風琴天份，讓他在十三歲那年，被一位探戈音樂家發掘並受邀同台演出，隨後更在對方建議下，在一間地庫小酒館，製作伴舞音樂。

他知道，想彈好作品，就必須對探戈音樂黃金時期的樂曲有所了解，因為那也是豐厚滋養音樂創作的源頭，知其根源，方能窺見其中演變脈絡。他努力學習，表現愈來愈出色。

因為覺得獨奏太單一，班多鈕甚至在二十歲那年開始組織樂團，不過，不到五年的光景，班多鈕的第一個探戈樂團，仍因為經濟困難而解散。

此時的班多鈕陷入人生低谷，適逢阿根廷亦面臨史上最大的經濟危機，百業蕭條，政府甚至凍結了國民的銀行戶口。

母親於是叫他去香港，投靠他親生父親，一個中國男人，一個音樂家。他從朋友口中打聽到，香港是一個五光十色的地方，華洋混雜，文化開放。

他和母親分別，滿懷興奮和期望，來到香港。

可是，他的父親這個所謂音樂家的綽號，只是他母親美麗的誤會。

他父親，是音樂家，不過，是平民夜總會的自封音樂家。他在廟街歌廳彈電子琴，正想退休。老來得子，把衣缽傳給他。

班多鈕失望地告訴父親：「我想做白天的音樂家，有正常生活、固定工作、作曲並登上音樂廳演奏。聽眾不是為了來閒聊，而是為了欣賞我的音樂而來的。」

他不想做夜晚的樂手，永遠在酒吧或夜總會彈奏一成不變的歌。但在香港，探戈音樂只是小眾音樂，別說聽，很多人連見都未見過六角手風琴。

事已至此，班多鈕的探戈之路似乎走到終點。二十年來，他沒辦法做白天的音樂家；只能為了三餐溫飽，而當夜晚的樂手。

在廟街的露天廣場上，此刻音樂徐徐而起，班多鈕手中六角手風琴那種優美而憂傷的音色，彷彿有隻瞎眼的鳥兒在裏頭歌唱。

金鈴怯懦地把手放在森焱右肩，他用右手溫柔地擁抱她。

她第一次感受這樣的輕，他不像其他師兄，像緊箍咒把自己圍堵。老師説過，緊緊的擁抱，能夠給女生安全感。但她嘛，偏偏太有戒心，很容易會緊張起來。

兩人緊貼對方，感應對方。

森焱飲了酒，她從他呼出來的氣息中，吸進了微醺。這是啤酒，還是紅酒？在思考的時候，他已開始領着她跳舞。

酒香令她有種奇幻感覺，她忘記了這是一位不太認識的男子，只是沉迷追蹤酒香的來源。彷彿那是一縷在縈繞兩人之間的絲綢，她閉上眼要抓緊緞帶的末梢。

她問他：你飲了酒？他淡淡答了一句：嗯。

他領着她轉圈，如萬花筒般轉圈。她是被酒氣醺得眩暈，還是被舞步迷得眩目？她自己也不太清楚。他帶她跳她不懂得的舞步，匿藏在她內心有一隻蝴蝶想破蛹，想飛走……

到中段，她開始站不穩。他用力抱了她一下，在耳邊問她：還可以嗎？不服輸的金鈴，想跳下去，所以點頭。她跟上他的肢體，不徐不疾，把感情完全灌注於旋律和舞步。

此刻的他們，彷彿忘記了廣場上的其他人。她很用心地傾聽對方內心發出的引導，他亦很努力在保護她不受外界干擾。

兩個人的步伐，漸漸變成一體。兩個人之間的互動，是靈魂深處的牽掛，儼如相知的伴侶，緊緊相擁。

舞步交織旋轉，親密接觸卻又若即若離。

金鈴心裏生出一種惘然：為甚麼這種感覺，似曾相識——就像樂天和她，曾經相扣着的手，曾經相擁着的內心。

她開始微喘，開始臉紅，開始心跳加速……她卻沒有停步，只是讓靈魂繼續追尋對方的節奏和動態。她背上展開了彩蝶的薄翅，在慘白的街燈下旋轉。曲調裏是無比憂鬱，是化不開的傷感。

他和她，周圍是曠野裏的花，頹而不廢，靡而不爛。他們是酒醉的蝴蝶，即便是兩個人跳，也如同一個人的舞蹈。梁山伯與祝英台，在進退，旋轉，停頓間，氤氳出一股悽美。

在灰白的英泥地上，微昏的燈光倒映下，半醉半醒，化成酒醉的蝴蝶。也許她真的求醉，並不是因為夜的多情，而是害怕了夜的寂寞，一心求死。

像幽魂一樣，縱行遍天涯，夜色妖嬈，夢魂戀舊榭。

在班多鈕彈完最後一個音符，一切戛然而止。班多鈕的雙眼，滿載着幾十年的淒涼。眼前這對男女，以相同的角度聚焦在相握的手，伴隨樂曲，是試探的、是你進我退的。

大概是太專注尋找對方身上的引導，森焱全神貫注投入，他驚覺自己在轉變，隨心所欲，和金鈴，在只有兩個人的時空飛舞。彷彿，世界只有他們兩個。

前額滑過汗珠的森焱，低頭看着金鈴，沒有說話。

金鈴心跳得很快，雙頰泛紅；趁着森焱還未喘定氣，她轉身就跑。她用最快的速度向廣場西面離開，就像灰姑娘趕緊跑回家的模樣。

與此同時，臉上爬滿淚水的班多鈕，不能自已地倉皇夾着六角手風琴往廣場東面奔逃。

風沙千里，落葉四散。大笪地上只餘下森焱，獨立於街燈之下。在恍惚中，憶想剛才那幾分鐘幻象，眼梢眼角，卻掩不住的哀慟。

他每次跳舞，都有專注在對方。但從未試過，在這舞蹈中，在探戈音樂中，抽離原本世界，完全敞開自己，讓深層情感得以流露出來。

圍觀的途人掌聲四起，他驚醒，才發覺，班多鈕和金鈴分別已離開。

直至金鈴跳上的士，她仍然在喘氣，內心久久未能平靜。剛才一首歌，就像把她帶進了回憶，幻象中充滿哀慟。她知道，這是傳說中令人如癡如醉的探戈魔幻時刻。

由雙方感應而生，亦因雙方投入而存。

她剛才所以不自覺地跑掉，是因為這感覺太虛幻：她內心生出一種前所未有，對「不確定」的懼怕……

她是為甚麼要逃避這不太熟悉的男人呢？因為覺得累？還是因為覺得危險？但對方只是與她共舞……

這人的出現，令她死寂的心湖，劃了一道小漣漪。他到底是誰？

為甚麼他的人生，總是充滿活力和希望？

是單純一個舞者，還是更多？這一切，令她更在意。

第九章

金鈴昨天所以不自覺地跑掉，是因為跳舞的感覺太虛幻：她內心生出一種前所未有的懼怕。就像，內心的冰山被震動，如雪崩，如冰塌。

她完全不明白，為甚麼一個陌生人，能給她和樂天之間曾經有過的感覺？這是甚麼？是幻覺？

她一直認為傳說中令人如癡如醉的探戈魔幻時刻，只是神化。但如今親身感受，才知道它的感覺甚至比戀愛更真實。

「是不是有一種甚麼化學作用，能讓我們內心解除種種衝突，看見潛藏[1]的自己？」金鈴喃喃自語，反覆思考。她把厚甸甸的書，放回書店的書架上。她問自己：「到底，探戈魔幻時刻蘊藏的是甚麼？」

金鈴並不知道，此刻有另一個人和她一樣，非常懊惱。

在歌廳的暗角，班多鈕拿着六角手風琴出來抹擦。他今天出門前，在銀髮塗上髮油，修整八字鬍，還燙直夾克背心，襯衫和西褲。

他比平時早了回來，在四下無人的台上，他閉上眼睛，奏起昨晚為森焱和金鈴伴奏的探戈舞曲。

昨晚，他深深為當下舞者的互動火花，激動不已。世界上最遙遠的距離，是明知道眼前是真愛，卻裝作毫不在意，但臉上裝出來的冷漠，又怎能掩蓋內心的萬般柔情……探戈，講述的就是這樣一場欲說還休的苦戀。

昏黃的燈光下，男女舞者伴着婉約傷感的音樂，舞步若即若離，上演着一個愛恨情仇的故事。

當時，他親眼看見，這對男女，是如何演繹探戈中悲傷的感情。

他對上一次看見這種情況，已經是二十年前，在布宜諾斯艾利斯。外界一直誤解，探戈似乎只是一個默契的雙人舞，或是一次性愛的前戲，但其實，兩者都不是。真正的探戈，只有在雙方都時刻互相傾聽，並且積極互動的情況下才可能產生。

跳探戈的人，認為他們觸及了一種無法用語言形容的神秘之物。昨晚，班多鈕的內心，亦被他們深深撼動。

關鍵是舞者！班多鈕決定要找他們出來。

他們在附近學跳舞的話，那地方，一定是DESTROY教室。

他心裏焦急，決定親身找上教室。在門口，他吵着要進去找人；老師剛好不在，同學都想阻止，這位分明是白撞的老頭。

就在這時，森焱剛好回到教室。他看見班多鈕，很是高興：「你找我？」

班多鈕緊張地抓住他臂膀：「還有那大眼女生呢……在嗎？」

森焱左右顧盼：「她——大概不在？」

班多鈕急得漲紅臉：「蠢才！你快點打電話給她。」

「我沒有她的聯絡方法。」森焱搖頭。這時，剛好桂思在吧檯，他只好硬着頭皮問她。

桂思露出一個蠱惑的笑容：「師兄找她有甚麼事？」

在旁班多鈕又跳又頓足：「你別問，是很急的事！告訴她，我們在艾莉絲歌廳等她。」

在歌廳裏，距離營業時間尚有一小時。

「她怎麼還未到？」班多鈕問森焱。森焱打開檯上的紅酒，斟滿了兩杯。

「阿根廷的紅葡萄酒裏，馬爾貝克（Malbec）品種，是最具主導地位。

該品種的葡萄酒，是阿根廷的象徵。在傳統的探戈舞場，一般白天都是經營餐飲，晚上提供跳舞。所以當夜幕降臨時，打扮得體性感的男女紛紛入場，在預先訂好的桌子前入座，點上一瓶紅酒，與戀人分享。不少本地的常客，整晚就跳不了幾個舞，大部份時間就是在桌邊跟朋友品酒，欣賞其他人跳舞。」

班多鈕繼續說：「如果去探戈舞會不喝紅酒，就好比去日本不泡溫泉，去泰國不按摩。」

班多鈕邊飲邊說：「我喜歡這款黑莓酒莊葡萄酒的Finca Las Moras Black Label。在歌廳放了很久，捨不得飲，今天是慶祝我重生，才開來飲。」

森焱一試，酒一入口，果然與眾不同，他馬上說：「這酒明顯感覺有如咖啡，巧克力的濃郁厚重感，外加水果味的清香，口感滑順。」

班多鈕豎起拇指：「識貨！這款紅酒，曾好幾年在不同的國際性葡萄酒評選中獲獎。」

這時，穿着一身素白的金鈴來到，班多鈕誇張地跳起。

金鈴氣急敗壞，問他們有甚麼急事？

她。

森焱氣定神閒，指一指班多鈕：「是他要見我們。」他斟了一杯酒，遞給

金鈴看着班多鈕：「大白天，叔叔在喝酒？」

班多鈕晃頭晃腦説：「喜愛探戈的人，多半都是愛酒的人，舞蹈一定是在半醉之間才更有味道。」

她想起，昨晚她和森焱緊貼對方，感應對方。森焱飲了酒，她從他呼出來的氣息中，吸進了微醺。酒香令她有種愉悦的感覺，沉迷追蹤酒香的來源。彷彿那是一縷在縈繞兩人之間的絲綢，她閉上眼要抓緊緞帶的末稍。

她看向，低頭看着酒杯沉思的森焱。他的眼睫毛很長，令他的雙眼看起來更沉鬱。

班多鈕清一下喉嚨，打斷她的思緒：「是這樣的，大眼妹妹，你和森焱可否陪我作曲？」

金鈴舉手：「大眼妹妹，有名有姓，叫金鈴。」

説罷，金鈴鎖起眉頭：這人真夠奇怪了吧，第一次見面，要當眾跳舞，第

二次見面，要陪他作曲？

她壓低聲音問森焱：「我應該有權拒絕吧。」

森焱抬起眼：「班多鈕先生，我因為對探戈音樂很有興趣，所以才冒昧打擾。如果你想作曲，找我吧，別麻煩她了。」

「你們兩人都要負責任！別想脱身。」他告訴兩人，昨晚他看着他們跳舞，明明是廟街大笪地上的英泥路，忽然變成布宜諾斯艾利斯的石板街；明明是光潔的直立燈柱，卻變成彎腰吊掛黃燈的古銅柱。

探戈魔幻時刻具備一種通感，彷佛能讓某些特定的人，在腦中浮現出不存在的畫面。他看到的這兩位穿着舞裙和西褲的人，不是金鈴和森焱，而是在布宜諾斯艾利斯街頭起舞的少年，是那些年的自己。

「眼前的街景，幻化成我的故鄉，而不是異鄉。」他憶想當時情景，愈説愈激動，眼淚奪眶而出。「所以，你們兩人都有責任。我好好的躺平生活，現在被你們打擾而驚醒。」

金鈴和森焱都被他的大情大性嚇着，同時，又各自陷入茫然之中。

他們現在才知道，原來，昨晚的探戈魔幻時刻，不只存在於兩人之間，而是令第三者亦感受到。

金鈴看着班多鈕一個大男人又哭又鬧，有點不知所措：「你想我怎麼幫你？我又不懂寫歌。」

班多鈕一聽，立即收起淚水，破涕為笑：「正因為這種久違的感覺，我打算重新振作。第一步，是寫歌。我寫好，你們要試着跳。」

他等他們答應，就舉杯，看着金鈴和森焱。金鈴低頭乾杯，班多鈕微笑：「還好你不是在跳舞。在阿根廷，如果兩個舞者乾杯不看着對方，會為他們之間跳舞之後的性事帶來不幸。嘿嘿嘿——」

金鈴一愣，目光剛好和身邊的森焱接上。

1

著名心理治療師沙維雅女士的冰山理論中，提及當我們觀察別人時，只是看到對方表層的行為、説話內容、表情、聲線、姿勢，就如冰山在海面的一角；藏沉在海平線下的，我們看不清楚的潛意識，是「自我」：精神、靈性、生命力、本質、核心、存在等等。

要發現「自我」，並不容易，因為它潛藏在冰山最底部。而且，常常受到外圍情緒的干擾。即如，太陽被烏雲遮蔽，我們就以為沒太陽的存在一樣。當人們的內心非常紛亂時，是較難覺察底層的潛意識。

第十章

百合在課堂上宣佈一件重要的事。

「On your Mark阿根廷探戈舞蹈比賽，即將舉行，這可謂本地阿根廷探戈發展的一個見證。它是由著名舞蹈家Mark Danson每年為眾多參賽者提供交流的平台，他想藉此提拔更多優秀舞者，過去已經藉此令不少人造詣提升，走向世界，並將舞蹈藝術獻給每一位觀眾。」

桂思在金鈴耳邊說：「Mark Danson，即是馬克舞神？他一定好厲害！」羅賓壓底聲線插嘴：「Mark Danson，何止是舞神，他根本是一個傳奇！他曾患小兒麻痺症而長短腳，但年紀小小的他卻很喜歡音樂，即使活動不靈光，仍然隨歌擺腳。看見他的人都取笑他，但他卻不以為意。後來做了駁肢手術，他勤奮練習，終於克服身體殘障，成為世界知名舞蹈家。」

金鈴心想：在絕望到極致的一刻，為甚麼他仍然看見希望？

百合繼續說：「有賴大家的支持，我們將延續過去每年的傳統派代表參賽，利民和我會在各位學習兩年內的同學中，挑選一男一女，代表教室，出賽在新星組。新星組比賽是沙龍探戈，評分的標準是舞者的舞姿與舞風。最終在

新星組奪得冠軍的同學，會被派往阿根廷首都布宜諾斯艾利斯，代表香港，參加世界探戈舞大賽。世界探戈舞大賽為期一個星期，有來自全球超過三十個國家、八百名舞者參加，不但要爭奪冠軍榮譽，還有獎金。

舞台，就是舞者的天地，是你們展示才華的空間。你們的每一滴汗水、每一刻的努力，都將在這舞台上被肯定、被欣賞。你們不需要計較獎項，只需要追求自我的肯定，完美的舞步。目的，是要在這全港舞台上，實踐自己的舞蹈藝術，表現最好的自我。」

百合一口氣說完，全班同學的眼中閃爍光芒。

桂思躍躍欲試：「如果選中出賽，再在比賽贏了，就可以去比賽！」

一登龍門，聲價十倍，百年之前，曾經屬於中下階層人士的舞蹈，連社會也以有色眼光來看待它的舞蹈，憑藉隱藏在舞蹈中的熱情，化解民眾對它異樣的眼光，全世界追捧探戈，更視阿根廷首都布宜諾斯艾利斯為聖地。布宜諾斯艾利斯不但舞蹈教室林立，更有無數研究組織，使得布宜諾斯艾利斯成為探戈舞者的麥加，是名副其實的探戈之都。

桂思問金鈴有沒有興趣報名，金鈴馬上搖頭：「我才學了幾課，舞步只懂皮毛，如何可以參賽？」

桂思搖頭擺腦，模仿古代說書人：「此言差矣。」金鈴知道，每次她這副裝模作樣，一定是有八卦消息想說。

桂思不等她問，便傾囊而出：「你看那位穿着性感的女生，她叫翠芝，比你早來只有半個月，特別喜歡討好老師。最離譜是，我昨天聽她問老師，如何可以去布宜諾斯艾利斯參加世界探戈舞大賽！」

金鈴順着她的目光游移，剛好落在一位身材瘦削的長髮女生臉上——她眉目之間有點不可一世的驕傲。

翠芝是學校的風頭躉，在教室未入學已經技驚四座。她從小就學習芭蕾舞，曾獲得美國傑克遜國際芭蕾舞比賽評委會特別獎，隨後進入香港芭蕾舞團。

她苦學多年，繼獲得瓦爾納國際芭蕾舞比賽特別獎之後，參加了北京國際芭蕾舞比賽。其間，一直高燒不退，但她靠着意志力支撐到了最後，卻只拿到

銀獎，她極為失望。後來，她再次參加上海國際芭蕾舞大賽，當結果揭曉時，評委說這次比賽有參賽者零失誤。可惜，零失誤有兩人，冠軍仍然不是她。

她覺得芭蕾舞不適合她，因而選擇了阿根廷探戈。

翠芝注視百合的目光很堅定，明顯是說自己志在必得。同一個班房，除了她，還有另一個人在陷入沉思。

在他來學習阿根廷探戈之前，森焱亦曾經參加不少舞蹈比賽。森焱的思緒飄往遙遠的舊日，他因為想尋求心中的答案，而不斷參加比賽。通過比賽，能加深他對舞蹈的體驗和感覺[1]。

今次，他很想參加比賽，多認識這隻被喻為了解人類情感的絕佳素材的阿根廷探戈。外表隨性的他，其實是一個注重細節的人。他對任何準備工作都一絲不苟，不會只靠碰運氣。

一旦他成為聚光燈下的主角，其他一切都不重要。他會保持頭腦清明，雙腳輕盈。與評委和觀眾一起呼吸，享受在舞池中的時光，散發出光環，讓它閃耀。

利民這時也呼籲：「同學不妨多參加我們每月舉行的米隆加[2]，定能提升造詣。」

羅賓問金鈴：「你參加過米隆加沒有？」金鈴搖頭。「那麼，你要參加！」羅賓看向她身旁的喬希：「你帶她去米隆加吧。」

喬希用試探的眼神看向金鈴。

金鈴從未參加過舞會，當然，也不會去過「米隆加」。羅賓特別在舞會前，約了桂思，金鈴和喬希，先一起吃飯，聚聚暖身。

羅賓察覺金鈴在發愣，問她：「金鈴第一次參加舞會，我要教你一些舞會禮儀。」

桂思點頭：「想跳舞的男人或女人通過凝視對方，含蓄地表達他或她的意圖，而並非開口邀請。這動作，叫秘密邀請[3]。」

喬希向羅賓眨眼：「不過，我們也遇過不守規矩的人，他會強搶民女！」

金鈴不解，他神秘地說：「等一下，你便會知道那人是誰。」

1 正如運動員為勝利而戰，舞者為勝利而跳舞。每次比賽之前，參賽者需要準備、練習和表演。他們需要完全掌控自己思想和身體才能成功。因為，舞蹈比賽是有評判和評分的，舞蹈套路的每一個環節都必須完美演示。作為參賽者，他們時刻都在準備接受這樣的比賽壓力，保持冷靜和放鬆。在舞蹈比賽中，外表是非常重要的。當舞者看起來很好時，感覺自然很好。隨着比賽臨近，參賽者會穿上將要比賽的服裝和鞋子，參加練習。這樣，比賽中出現對自己的陌生感越少，就會越自在和放鬆。

2 米隆加（Milonga）這個字有三個含義。第一個含意是一種音樂，節奏明快。第二個含意是有獨特探戈風格的舞種，它步調較快和簡潔，更加強調舞者必須努力保持自己身體放鬆，跟貼音樂的每個節拍。第三個含意是聚會，後來發展成探戈舞會。在「Milonga」跳舞的人被稱為「Milongueros」。

3 秘密邀請（Cabeceo）。在探戈音樂開始後，男士和女士環顧四周，尋找對方的眼睛。當兩人四目相對，男士以輕微動作示意，被盯着的人很快就會意識自己被邀請了。她在這時會做出選擇：接受或拒絕。如果拒絕，她會移開視線，以表示拒絕。如果接受，她會回眸點頭以表示接受。此時男士走向該女士，直到停在女士面前，女士才站起來，兩人一起進入舞池。在整個過程中，最重要是，男人的目光不能從女人身上移開。

第十一章

來到舞會，男女全部聚在大廳的周圍，朦朧的燈光，浪漫的音樂。

金鈴腦海一片空白，她第一個動作是甚麼，接下來做甚麼，動作的順序是不是跟隨老師所教？等一會兒，當舞伴引導自己做某個動作時，如果學過，還有希望做到；但若沒有學過，怎麼辦？

喬希見她一臉茫然，說：「這是舞會，沒有人規定甚麼動作下一個一定要接甚麼，可以說是完全看男生怎麼帶，女生跟不跟得上。所以，在這樣的舞會裏，可以說是處處充滿着驚喜，因為你永遠不會知道下一個舞伴是誰，他會帶你做甚麼樣的動作。」

喬希問金鈴：「要不要試試？」金鈴有點猶豫：「我不是很厲害的人，所以我可能一直在重複跳基本步，那也沒關係？」

「沒關係，我教你。」喬希微笑，然後就帶她進舞池裏。

金鈴發現，旁邊的舞者，好像都很厲害，男生想做甚麼動作，女生跟着就是。喬希注意到她的肩膀很僵硬，便說：「我們慢慢跳，你不用擔心。」

他們跟隨音樂，跳基本步。舞池中的人，幾乎都不說話，大家的交流，只

局限於肢體的互動。

完舞之後，喬希護送她回到她的桌子旁。金鈴有點不習慣：「不用啦，我自己回去……」喬希一笑：「我們不會把舞伴丟在舞池中間，這是最基本的尊重。」

金鈴本來對於跳舞並不積極。可是，當她想到森焱和自己經歷過的探戈魔幻時刻，她反而想知道，是否其他人也一樣能給她這感覺。

音樂一起，又開始有人邀金鈴跳舞。一個又一個男人帶她跳舞，因為有很多舞步，金鈴沒學過，甚至連看都沒看過。所以，她都會很不好意思的，在跳舞之後說她不太會跳。

可是，她並未從任何一個男人身上，找回探戈魔幻時刻的感覺。

為甚麼？到底為甚麼它只在森焱和自己之間發生？

她百思不得其解。

喬希和其他女生跳了一會，又回到她身邊，指向對面的座位：「那人舞品不好！」

金鈴問：「舞品怎樣為之不好？」

她跟着他目光，看向對面。一個穿着花綠絲絨直桶馬甲的男人，看向坐在旁邊的桂思。桂思沒留意到他，她將目光移開，然後接上另一方向羅賓的目光。

羅賓點頭，緩緩走過去。

金鈴喜歡這種含蓄的邀請，是看到兩個慾望在沒有預定的情況下相遇，有時儘管孤立，儘管黑暗；它不需要任何語言；它預設了擁有一種只屬於靈魂之窗的交流。

就在這時，桂思身旁的男人，一把抓住她的手，並將她拖到舞池。而出奇的是，桂思並未掙脱他。

本來還有三步就站在桂思前面的羅賓，當場呆住，靦覥地看向四周，旁人都為之側目，對那男人的強搶行為搖頭。羅賓悻悻然回來坐在金鈴身邊。

喬希冷笑：「他叫雷奧。」金鈴怔住——他是之前曾對桂思「抽水」的男人？

他帶着桂思，橫衝直撞，彷彿其他人都不存在。桂思看來也很受落，像女神一樣，傲視同儕。

喬希説：「聽説，他正在追求桂思。不過……雷奧素來名聲不好，他是見一個追一個，桂思和他在一起，不會有好結果。」

金鈴記得，以前曾經問過桂思，來跳舞的人，不是單純為了學舞嗎？桂思露出一個蠱惑的笑容：「你未免太單純了吧，這裏的男男女女，都是為一個情字而來。」

桂思説，這裏的學生分成五類：有單身的人，有失戀的人，有初相識的情侶，有老夫老妻，有從外地工幹的短期居留者。

告訴金鈴這番獨特見解的當天，她指向一位在角落輕輕握着女同學的男生：「你看他，一臉文靜害羞，但因為要和不同同學練習，所以領着不同女生跳舞，動作也不算生硬。」單身的人可以從學習阿根廷探戈的擁抱開始，打開人與人之間的隔閡。不少年輕男女都會來學跳舞，既可多作運動，又可擴闊社交圈子，結識異性朋友。

她又指向另一位剛被邀請共舞的女生，見她微微頷首，表情僵硬但步履輕快：「失戀的人也特別喜歡來學舞，除了有助打發時間，還能令自己重整心情，重拾信心，重新出發。」

桂思再指向一對年輕男女，見兩人如膠似漆，看着對方鶼鰈情深：「初相識的情侶，因為天天拍拖，食飯看電影之外沒有新節目，跳舞是一種可以增進感情的節目，比很多運動更合適。」

她指向一對年近六十的新同學：「老夫老妻人到中年，沒有甚麼共同興趣，跳舞正好可以填補空出來的時間，作為生活的新趣。」

她最後挑一下眉毛，眼神投向一位坐在排櫈上，穿着光鮮的外籍人：「他本身學過阿根廷探戈，來香港工作一段時間，只為想結識短期情人，填補他這段人生中的空虛。」

聽她說完，金鈴對於桂思竟然對教室中所有人瞭如指掌，嘖嘖稱奇。

教室像一個城市縮影，而偏偏阿根廷探戈中充滿男女相處之道[1]，男士運用肢體語言暗示舞伴完成下一個舞步，主動帶領，女士跟隨。女方，是她男伴

的影子。

探戈對現代男女關係的啟示，不是性別角色，而是在愛恨交織之間，信任的情結。

人生若只如初見，愛情也許就不會在世俗的猜忌怨懟中被消磨殆盡，俊男不會變成毒男，女神就不會變成悍婦。

羅賓推一下金鈴，打斷她的思緒，問：「金鈴，如果雷奧不是好人；女生和誰一起會有好結果？是喬希嗎？」

儘管舞會內光線較暗，金鈴仍能看出喬希擦紅了臉。

面對這種沉重得令人呼吸不來的氣氛，她有點不知所措。她站身，笑着佯稱要到外面的酒吧飲點甚麼。

當她走出去，在吧檯前，看見拿着啤酒的森焱。他雙頰通紅，抬起微醉的雙眼剛好和金鈴四目交投。

金鈴不禁想起他們之間的探戈魔幻時刻。

這種奇妙感覺，到底和飲酒又有沒有關係？

1

很多女人一開始覺得男女跳舞之時，被男人帶領，意味着控制；女人跟隨，意味着被控制。因為她們抗拒被帶領，也同時顯示自己試圖控制舞伴的慾望，因而有女生會刻意學習男步。

帶領與跟隨，是一種角色契約。女方必須同意跟隨，男方才能帶領。探戈的男女互動，換句話說，阿根廷探戈要求女性用身體去感受男伴要帶她往何處，緊緊隨之起舞，而非揣測對方要往何處，用理智跳舞。

看似是男尊女卑的關係？實際上，在探戈表演中，女舞者才是最亮眼的人。男人為她搭好最佳的舞台，女人穿着高開叉舞裙，搭配男舞者一絲不苟的西裝。兩位舞者身體筆直，舞步時而優雅舒緩，時而快如流星。無論是男人還是女人，即便是一副冷峻面容示人，卻掩飾不了從身體到心靈的傾訴慾望，某一個瞬間突然綻放，之後又帶着不安而收斂……

第十二章

即興演奏，不同於DJ播放音檔，樂師在舞會的現場演奏，對樂師來説相當具挑戰性。他要奏出每節樂句的風格與速度，隨着舞者們跟隨整首樂曲表現決定如何跳出相應舞步的安排，進而成為即興舞蹈氛圍中的高潮。

班多鈕開始演出、寫曲、編曲，並運用探戈音樂語法和六角手風琴的演奏放入創作。

金鈴的工作是自由撰稿人，每個下午都是她採訪和寫稿的黃金時間，必須在死線前趕及交稿。雖然她答應了班多鈕，但她幾乎沒來過歌廳。相反，森焱很醉心探戈，想了解更多探戈音樂。所以，他即使在散工與散工之間只有少許休息空檔，都會到歌廳聽班多鈕演奏。

班多鈕告訴森焱，在廣場彈奏《我聽到你的聲音》，是因為當時他的音樂創作熱情早已幻滅，萬料不到，森焱和金鈴兩人，會令他的希望重生。因此，他更理解舞蹈與音樂彼此對於表現詮釋的要求，及兩者之間互為體現的鏈接關係。

「從困境的生活中長出來的探戈，描繪着人與人之間的關係、各式情感的

抒發，無法被定義，充滿了所有的可能性。」班多鈕感慨地說。他曾為了讓自己現場演奏的版本，讓舞者有所感應而隨着起舞，自己也親身學舞以感受舞蹈與音樂的應對方式。

因為想要豐富的呈現，他決定以更寬廣的自由度呈現演出，除了曲目的改編、嘗試實驗性風格的轉化，讓觀眾在音樂裏得到感動，藉由舞者，二度發酵，重溫美好記憶。

班多鈕打算好好運用雙音體系的六角手風琴，參考其中一位四大名家[1]——阿尼瓦爾・特洛伊略獨有曲風的鮮明乾淨，技巧多變，重寫新曲，能用一個音符奏出千言萬語。

班多鈕最後和森焱這麼說：「對我而言，探戈是心靈的悸動，是久居的街道，是似曾相識的眼眸，是真摯情感譜寫的風尚……」

班多鈕對自己的「混血」背景，心裏總有着一種定位與認同追尋的需求，他對音樂的感受性極高。身於客鄉，與生俱來的漂流感，自然地在音樂作品中低吟。

他感懷地説：「十歲已經了解探戈是最能打動自己內心深處的音樂；來到四十歲，才找到探戈最原始的精神，以新的觀點面對探戈與自己的音樂創作，這是天命。」他拉着琴，帶着流水無痕的行旅情懷，如今，無論身處何方，他都可以與當下融合為一體，找到歸屬。飄泊、歸屬。誰是因，誰是果？

森焱帶着許多對探戈的疑問，回到教室。今天，是出賽前的第一課深造訓練班。

利民和百合，已經在眾位學習兩年內的學員中，挑選出一男一女，代表教室，在On your Mark比賽的新星組出賽。最終在新星組奪得冠軍的同學，會被派往阿根廷首都布宜諾斯艾利斯，代表香港，參加為期一個星期的世界探戈舞大賽。

眾望所歸，同期最優秀的女生，必定是翠芝。

翠芝小小年紀已經開始跳芭蕾舞，是本地「舞林高手」，十歲開始被安排到外國接受名師指導，每年在意大利三、四次集訓。後來，她想找另一種舞蹈。當她發現，原來跳阿根廷探戈可以穿高跟鞋，為了更漂亮，她脱下了芭蕾

舞鞋。

因為從小練習芭蕾舞，擅長兩腿劈開，然後很輕地落地，彷彿有一種「懸空」的感覺。翠芝把這技巧融入阿根廷探戈，這一點百合也看出來

她曾認真地向利民說：「地球引力對她不起作用。」

利民微笑：「那麼這次大賽，能不能憑她拿個金獎呢？」百合眼神堅定，說：「一定。」

森焱同樣有着深厚舞蹈基礎，他亦自然成為新星組代表的不二之選。他對於獎項，並不那麼熱衷。反而，森焱想藉着比賽的催化，令跳舞有所提升。

翠芝的舞姿如流水行雲，非常悅目。她內心自然是知道的，就連每個和她跳過舞的師兄，也是這麼說。

「男人和女人永遠風度翩翩，上身保持平靜，腳下卻是激烈無比的慾望。」百合每次上課，都很認真給兩人指導。

「對了，翠芝的腿很靈活，Pivot和Dissociation很到位。」

利民也有給意見：「森焱的快步非常好。你的身體夠柔軟，每一個動作都很細緻。嗯……眼神，可以再憂鬱一點。」

百合含笑，看向利民：「傳統中在跳的時候要腰佩短劍，以防情敵。在刀尖上舞蹈，最殘酷，也最浪漫。」

森焱常常覺得：探戈的縱情是沉靜內含的，而不是熱烈宣洩。在探戈中有一種哲學般的憂傷，也有對人生的思考。舞者要把真摯的情感，毫無保留地體現在探戈之中，使探戈具有一種不可言傳的動人。

可是，他和翠芝跳了幾次，總是覺得不夠動人。

翠芝每次和他跳完，得到老師和同學讚賞，心裏沾沾自喜之際；卻總是發現森焱的樣子一臉茫然。起初，她以為連續練習三小時，他體力不繼。但當發現他在課後繼續獨自練習時，她才知道，他那張臉，是在表達不滿意。

她問他到底有甚麼不滿？

森焱眯起眼睛歪着頭：「我沒有不滿意……只是，你有否覺得我們跳出來的感覺不對？」

翠芝從未被人批評跳得不好。從前在芭蕾舞比賽，評委也説她是零失誤。

她無名火起，卻不動聲色：「甚麼不對？我明明是跟準音樂，踩對節奏，緊貼旋律，而且每個動作都無懈可擊……我──沒有不對。」

說罷，她趾高氣揚離開教室。森焱沒有動怒，他繼續平靜地對着教室的鏡子練習。

* * *

往後數星期，森焱和翠芝仍然勤快練習，在旁人眼中，他們是一雙璧人。然而只有森焱心裏有一種不踏實。

既然不知道他和翠芝之間欠缺甚麼，他惟有自己加緊努力。最近森焱多花了時間和班多鈕相處，對音樂有着另一重體會。

森焱作為舞者，節奏[2]和旋律都要聽進去，懂得分辨當下是旋律還是節奏主導，並且隨之調整舞步；也要懂得聽旋律的流向，重音和情緒的高潮。他甚至希望，利用整個身體和腿部的舞動，展現出某種樂器時快時慢的演奏。

他想到了一個新嘗試：可以在舞蹈比賽中，演繹樂器的變化。

他看向牆上張貼的On your Mark比賽宣傳單張，上面寫着：

以慈悲感動人心
以激情排解怨恨
以擁抱溶化哀傷
以即興演奏人生

他不期然想到在廟街大笪地跳舞時的感覺：他和金鈴，在兩個人的時空飛舞。

這是一場三分鐘的戀愛：金鈴的身體和臉部表情演繹出悲傷、憤恨、哀怨等等。他猶如乘坐雲霄飛車，忐忑、膠着、感懷交集。彷彿，世界只有他們兩個。

為甚麼？一個完全沒有跳舞基礎，只在教室學了兩個月的同學，居然給他這種徘徊於幻滅和重生，由傷感和悲慟交織而成的幻象？

他看着鏡中的自己，擺出手勢，以單人舞式練習。

腦海中，不期然浮現金鈴這位小師妹的身影。

他怔了一怔，內心生出一種異樣的悸動……

1 四大名家中，除了比較多人熟悉的奧斯瓦爾多 • 普格列斯（Osvaldo Pugliese），還有胡安 • 達里恩佐（Juan D`Arienzo），卡洛斯 • 底薩里（Carlos di Sarli）和阿尼瓦爾 • 特洛伊略（Anibal Carmelo Troilo），他們對日後的探戈音樂發展，舉足輕重。

奧斯瓦爾多 • 普格列斯（Osvaldo Pugliese）自幼和父親 Adolfo Pugliese 學習小提琴，後來轉換到鋼琴。Osvaldo Pugliese 在十六歲那年到了阿根廷首都布宜諾斯艾利斯加入了史上第一位女班多鈕手風琴家 Francisca Paquita Bernardo 的樂團，並在十九歲離開了該樂團且組成了 Enrique Polle 四重奏。Osvaldo Pugliese 為阿根廷探戈音樂做出了偉大的貢獻，他戲劇化的曲風更推進了探戈音樂藝術的發展。他的成就獲得了世界各國的榮譽：古巴授予他文化獎章（cultural medal）；法國授予他人文藝術最高勳章（Commandeur de L'Ordre des Arts et Lettres）。他也得到了國家探戈學院授予的榮譽院士稱號（Honorary Academician）。他的編曲是最完整的和豐富的各個層次。代表作有《回憶》（*Recuerdo*），《黑女人》（*Negracha*），《小蒺藜》（*El abrojito*），《不幸的陪伴》（*Mala junta*）等等。

胡安 • 達里恩佐（Juan D`Arienzo）有節奏之王（El Rey del Compás）的稱號。他生長在一個義大利移民的家庭，從小他的父親就希望他繼承家裏的農產品事業。而胡安 • 達里恩佐自幼就開始拉小提琴，而他的弟弟 Ernani 是鋼琴手亦是鼓手，他的妹妹 Josephine 也是個鋼琴手更是一名女高音。十九歲的時候就在國家劇院的一個喜劇中演出小提琴；二十六歲的時候就組成了第一個自己的樂團。他的指揮風格特別令人印象深刻，他會離樂手及歌手非常近的距離，並且給予非常誇張的表情與眼神。

他的代表作有，《我依然愛你》（*Y todavia te quiero, tango*），《耐心》（*Paciencia*），《化妝舞會》（*La cumparsita, tango*），《匕首》（*La Puñalada, milonga*）等等。

卡洛斯 • 底薩里（Carlos di Sarli）有探戈先生（*El Señor del Tango*）的稱號，一向以非常優雅、富有張力以及非常優美的旋律着稱。十三歲那年一次意外傷及眼睛，導致他需要終身戴着墨鏡。在眼傷復原之後，Carlos di Sarli 便加入了 Zarzuela 並到全國各省演出流行樂以及探戈，接着又在戲院替無聲電影配樂以及在俱樂部中演奏探戈。在一九一九年不到二十歲的 Carlos di Sarli 就組成了他的第一個樂團固定在幾間餐廳演出，奠定了他傳奇的樂團領導與作曲家的命運。他的代表作有：《老舞棍》（*Milonguero viejo · tango*），《弄髒了的臉》（*Cara sucia · tango*），《我們走吧》（*Vamos*），《月之夜》（*Esta noche de luna*）等等。

阿尼瓦爾・特洛伊略（Anibal Carmelo Troilo）最嚮往城市街頭拉手風琴的生活。他是四人中情感最細膩、情緒最豐富的人，他經常要忍住淚水才能繼續演奏。他的代表作有，《切，班多內翁琴》（*Che bandoneon*），《馬蕾娜》（*Malena*），《社區的浪漫》（*Romance de barrio*），《南方》（*Sur*），《班多內翁琴的抱怨》（*Queja de bandoneon*）等等。

2

當舞者已經熟練掌握節奏節拍，旋律，並能根據不同的樂器演奏來跳舞。這個時候就需要加舞蹈的情感。這個情感有時是靠樂隊的演奏情緒來決定的。例如：六角手風琴，它可以表現歡快，節奏緊湊，也可以表現哀怨，旋律悠長。這種不同就需要表現在舞蹈裏，自然也成為音樂性的一部份。

第十三章

在更衣室，森焱看向好整以暇的翠芝，他不禁想到：在所有舞蹈形式中，探戈是最為腳踏實地的。當芭蕾舞演員踮起腳尖，下巴微微上揚，向着未來凌空而躍的時候，探戈舞者卻是雙腳重重踏着地面，似乎在告訴人們：肉體會衰老，愛情會消逝，與其忙着去超越，還不如擁抱一下這殘餘的美好時光。

雖然，他一直覺得，他和翠芝之間仍然欠缺一點甚麼；但見她胸有成竹，他定當全力以赴。利民和百合，親自來更衣室鼓勵學生。百合跟翠芝說：「教室很多同學都來為你們打氣。」利民問翠芝及森焱，是否有信心。翠芝抬起眼睛：「我可否把冠軍獎座放在教室？」

百合在旁邊微笑。

在比賽現場，教室的同學都聚在一起，在外圍旁觀。桂思姍姍來遲，臉色發白，眼睛腫得像紅雞蛋。

金鈴關心地問：「你沒事吧？」

桂思眼中帶點怒火：「男人都是壞傢伙！」在她旁邊的羅賓和喬希相視一下，緩緩移開身體，悄悄與她保持距離。

桂思說：「雷奧是渣男！舞會那天，他明明說是當初因為情不自禁才在和我練習時『抽水』，而且發誓說沒有向其他師妹下手。在舞會之後一星期，他對我呵護備至。但又讓我發現，他專程去報了樓下瑜伽班，目的是要追求新來學跳舞的同學。我追問他，他索性不接我電話……」

金鈴輕輕擁抱她一下：「樹大有枯枝，再找另一個男朋友好好愛你就是。」桂思點頭：「喔，我會。嗯，有沒有人說過，你的擁抱很柔軟？」

「很柔軟？」金鈴的腦海中馬上閃現一個人。那人的擁抱，才真是輕。輕得讓她毫無壓力，像蝴蝶在飛……

她把眼光放向比賽場內，看向森焱。

今次比賽的舞曲是《回憶》[1]，六對參賽者需要在指定時間同時跳完，評審再根據舞者對節奏、拍子、韻律感、身體語言表現、舞池中的行進、造型、默契等全方位表現評分。

狡黠婉轉的音樂響起，男女舞者牽起手，旋轉、跳躍、踢腿、交叉步……舞者們邁着華麗的舞步，熱情又奔放。

作為觀眾，在舞池現場，與場上舞者們的共振與共存；即如在音樂裏，與演奏者的共鳴與共感，這正體現了探戈文化中一呼一應的重要特質。她現在多少有點明白，為甚麼班多鈕會沉醉於探戈的世界。而他在頹廢多年之後，能夠重新振作，是多麼難得。

金鈴懊惱地反省：既然答應了他，即使工作不定時，自己理應多預留一點時間，陪班多鈕創作。

桂思叫金鈴看向右側：「你看那女生，又瘦又單薄。」

這年輕女人，一身雪白，妖嬈的身姿和刻意化上濃妝的臉龐，被渾厚的男人臂膀纏繞，像是早春剛剛盛開的花叢中，露出尚未發芽的枯枝，歡喜中莫名透着孤單和蒼涼。

纖纖的她，快步向前又左顧右盼；眼神中有一種憂傷，深深植根，並化作真摯的情感，毫無保留地體現在探戈之中。

她演繹的探戈，是絕望裏噴發出來的奔放；熱烈卻浸潤了如深淵般的憂傷，觸動觀眾的心靈。

相比另一邊廂穿着紅裙的翠芝，和森焱的一身灰色，構成強烈對比。翠芝性感，森焱成熟內斂，兩人豐富的表現力及張力，即便只是在旁觀看，也能感受到舞者的澎湃情緒。

這時，金鈴目不轉睛看着森焱。

此刻的森焱，不僅是跟隨音樂來跳舞。他在表現探戈音樂，在根據不同樂器的演奏來跳舞。

金鈴低喃：「他整個身體和腿部的舞動，是在展現出某種樂器的演奏！」

在他旁邊的桂思問：「你在說甚麼？」

金鈴指着森焱：「看他的腿，正在演奏六角手風琴。」

桂思搖頭：「你到底在說甚麼？」

金鈴沒有理會她，只是怔怔看着森焱。他的踏步和旋轉，伴隨旋律，展示出六角手風琴的綿密、渾厚、延展、豐富多變、時而如泣如訴、時而閃現。還有，他的眼睛，伴隨恍若金屬光澤的美麗音色，無可抗拒地令人着迷。

翠芝的舉手投足都十分性感，充滿激情和活力，每個動作都無懈可擊。

直至音樂停頓，所有人屏息靜氣，然後掌聲如雷。

「這些掌聲一定是給我們翠芝！」羅賓和喬希用力拍手。

就連在前排貴賓席的利民和百合，都興奮地站起身，擊節讚賞。

桂思重重拍手：「看，冠軍捨她其誰？」

翠芝露出充滿信心的笑容，抬起臉迎向四面八方的掌聲。然而，森焱卻不帶一絲笑容。

他很疑惑，這些掌聲，只是為他們跳得舞步強勁；而不是因為共感共鳴。

他一點都不覺得高興。

比賽完結，著名舞蹈家Mark Danson是評判，他塊頭不小，但一身西裝非常合身。桂思說：「看他多麼有型，面容又慈祥。」

他在宣佈結果之前說：「今年我看見了非常出色的舞者。他不僅表演舞蹈，甚至嘗試突破。音樂不僅僅是舞蹈開始的引子，其中暗含的精妙更是舞蹈的命脈所在。音樂可以是動作的背景，也可以是一個用於美化的框架。當音樂進入舞者的身體，每一步都是在強調、弱化或是反襯音樂中的一部份。有時，

每個舞步或是身體本身成為了某一種樂器，點綴着音樂效果；有時，透過腳步的節奏變化或是透過腿或身體的動作，來去加深旋律之美，演化成樂器。」

金鈴心想：真是這樣，森焱透過腳步的節奏變化，去演化成六角手風琴。她看向森焱，森焱專注地聽着，嘴角微微掀動一下，然後又冷靜地垂下頭。彷彿，他只需要有知音看見他的表演就足夠，對於獎項，他似乎並不着緊。

其實，森焱心知肚明，他和翠芝，並不是跳得很好。也許，兩人的舞步是零失誤。不過，他仍然覺得，是欠缺了甚麼似的……

Mark Danson說：「新星組比賽分為冠亞軍，最終奪得冠軍的同學，會被派往阿根廷首都布宜諾斯艾利斯，代表香港，參加世界探戈舞大賽。現在，我宣佈，冠軍是——」

坐在賽席的翠芝，重重吸一口氣，整理一下身上的舞裙，準備站起來。

「冠軍是——代表快樂教室的茉莉和Arunas。」

射燈落在一身素白舞衣的女生身上。她不是別人，正是桂思說，又瘦又單薄，彷彿走兩步都沒氣沒力的女生！

全場鼓掌，看來茉莉和Arunas贏得眾多觀眾芳心。

「跳得好！」站在金鈴身後的不少人在歡呼。

Mark Danson繼續說：「亞軍是——代表幻滅教室的翠芝和森焱。」

利民和百合擠出笑容，向着翠芝和森焱點頭。森焱微笑回應，但翠芝卻一臉木然。

兩對得獎者，在台上接受獎杯，就在這時，茉莉忽然砰一聲，在頒獎台前暈倒。全場嘩然，引起一陣騷動。

桂思在金鈴旁邊耳語：「看，連她自己都不相信會獲獎，當場暈倒。」

金鈴看着，蒼白的茉莉，內心覺得事情未必如此簡單。

1 「回憶」（Recurdo）：奧斯瓦爾多‧普格列斯的代表作之一，而這首曲子被許多人認為是純音樂風格的探戈樂曲始祖。

第十四章

在更衣室，翠芝看着亞軍獎杯和花，鮮艷的紅玫瑰花，像在訕笑自己。

這時，利民和百合，帶着一班學生，柴娃娃走進來，恭喜翠芝和森焱。

他們所以進來，是因為注意到剛才頒獎時她神情複雜，看了叫人心疼。雖然説每一面獎牌都是大大的肯定與獎勵，但卻並非人人這麼想。

他們完全能理解翠芝為何明明拿了銀牌卻笑不出來。因為金牌是贏了一場比賽，銀牌卻是輸了一場比賽，這心情太複雜了。

忽然，翠芝轉身，用力把亞軍獎杯猛地砸向玻璃鏡，眾人被突如其來的舉動嚇得尖叫，玻璃碎裂的聲響中，翠芝甚至不太在意地上的玻璃碎片，沒有太多猶豫便脱下高跟鞋，扔向垃圾桶裏。

桂思被嚇得哭出來：「能走到這裏真的非常強大，非常不容易，翠芝你何必……」

翠芝倔強地忍着淚水：「我跳芭蕾舞是亞軍；現在跳阿根廷探戈又是亞軍。這兩種舞根本不適合我！」她奪門而出。利民和百合，一下子呆住。

森焱這時並不在場，他正在頒獎台前，照顧昏厥的茉莉。直到救護車來

到，他被Mark Danson叫到會場的一角，和他說了很久。

一星期之後，一家本地雜誌社想為今次的比賽做專訪。他們派特約記者，同時訪問冠軍和亞軍。可惜，Mark Danson的行程緊密，已經離開香港。他臨走前與記者做了電話訪問，告訴她：舞蹈，能感動人心。On your Mark阿根廷探戈舞蹈比賽的背後意義，是想鼓勵人們，從舞蹈中發揮自我，找出目標，找出希望。

出院後的茉莉，面色依然蒼白。她和Arunas來到一間咖啡館，陽光透進白色窗紗，森焱已經在門窗前坐下來。

森焱問她：「你身體恢復了？」

茉莉淡淡掀起嘴角：「今天精神好一點。」

茉莉四周張望：「翠芝未到？」

森焱搖頭：「她不再跳阿根廷探戈了。」

茉莉有點錯愕，但心明如鏡的她，似乎亦猜度出端倪。

這時，雜誌社的特約記者出現，她不是別人，竟是金鈴！

森焱瞪眼：「你怎麼會在這裏？」茉莉好奇：「你們認識？」

金鈴躬身，向茉莉打招呼：「我在Destroy教室學跳舞，所以認識他。工作是特約記者，事有湊巧，被委託來做這個專訪。」

森焱低頭看向咖啡杯：「我現在才知道你的職業。」金鈴心想：我倒是無意中發現了你的職業。

金鈴坐下，打開電腦和手機，一邊錄音一邊打字。「我們隨意地聊聊天，有關跳舞的部份，我可能會問得詳細一點。由冠軍得主茉莉小姐先開始？」

茉莉清一清喉嚨：「我是一位末期癌症患者。」

正在飲咖啡的森焱立時嗆咳了幾聲，金鈴的右手懸空在鍵盤上。

她無法相信，以精湛舞技演出擊敗翠芝，奪取冠軍的人——居然，是一位長期病患者。她需要如何強大的毅力，才能克服痛楚，練成純熟的舞步？

茉莉垂下眼睛：「那天，我在頒獎台前暈倒，是因為這個病。」

半年前，她發現右腿患了一種罕見的癌症——尤文氏肉瘤。僅僅一個月後，茉莉的生活就被醫院和各種化療藥物取代。她情緒一度崩潰，經歷多次化

療，卻未能戰勝病魔。

自己患癌後父母幾乎天天以淚洗面；醫生說，如果繼續只接受較保守的化療，她只有半年生命。如果要徹底清除癌細胞，她就必須做手術，將右腿膝蓋和股骨摘除，用一根金屬棒替代。到時，她有可能不能跳舞，但這讓她無法接受，因此，她拒絕手術。

於是她決定孤注一擲，贏出線權，到阿根廷最後一次參賽，在那裏，在生命完結前，好好跳一場Last Tango。

Arunas忍不住插嘴：「她每一次跳舞，無論是練習，無論是綵排，無論是比賽，都是拚命忍受痛楚。」

Arunas繼續說：「為了不耽誤練習，她請醫生在脖子裏手腕上插入導管，自行注射靜脈止痛藥。在比賽那天，她還注射了雙倍份量！」

金鈴回想她在比賽時，依然像往常一樣揮灑汗水，依然像往常一樣想給觀眾她最美的表情……不由得為她的身體揪心，也被這份精神深深感動。

茉莉看向金鈴：「我把每一次都看成是自己最後一次跳舞。」

金鈴恍然大悟：難怪，她跳舞時流露的感情，彷彿能滲進每個人的心扉。因為，那是一種視死如歸似的深刻感覺。

茉莉說：「本來，我覺得，人生多是悲痛，愛情注定不會天長地久，婚姻中也沒有才子佳人。一心抱着『好日子不會長久』的心態，將探戈中的種種糾結、不捨和聚散無常演繹出來。」

「但當我和Arunas跳完最後一步，忽然感受到一種前所未有的撼動。有一種力量似乎在告訴我：認輸，還不如超越。」

「我為甚麼還在這裏對阿根廷探戈戀戀不捨？」茉莉在那一刻驚覺：與其等待死亡，還不如在隨風而逝以前，牢牢地握住舞伴的手，繞住他的腳，用彼此的體溫相互取暖。

活在當下，是阿根廷探戈的精神。活在當下，對此擁有完全的覺察是一種重要的自我轉變。所謂「活在當下」，大抵就是這個意思。世事無常，每一次跳舞都是「一期一會」。

即興演出的舞者，演出相互影響，帶出意想不到的奇妙效果。這種技巧緊

扣「當下一刻」的道理。

她知道Mark Danson也是克服病患的過來人，從他口中聽到自己獲獎，她的內心更為鼓舞。

而當她聽到掌聲，聽到自己被肯定，剎那間，她想生存下來，她想接受手術。

暈倒之後，她被送到醫院。當她在醫院醒來，Arunas仍然守在床邊，雙眼又紅又腫，她內心不禁傷心起來。他們是很合拍的舞伴，也是最好的朋友。

他跟她說：「我們去美國吧。Mark Danson事後知道你的病，介紹了一個很好的醫生，曾經醫治過不少運動健將。如果你怕一個人，我陪你去。」

茉莉聽了很感動：「好。」Arunas燦笑，他要用飽滿的熱情，與她迎接每一天的朝陽。

金鈴一愣：「那你們還去不去阿根廷比賽？」

茉莉聳動一下肩膀：「我不去啦。但我建議Arunas，不妨再考慮一下。」

Arunas若有所思。

好好活着，有甚麼能比好好活着更好的事情呢？茉莉想繼續跳舞，感受被愛的自己。活着的意義就是為了能愛別人，然後自己也能被愛，這是最基本的。

積極治療、放鬆心情、保持樂觀、享受當下，她為了自己熱愛的舞蹈，去證明給醫生看，她將能盡情地在舞蹈中，感受生命。

茉莉平時外出時，會戴着帽子遮蓋頭部；跳舞時，她會戴假髮。她在森焱和金鈴面前，脱下帽子。頂着大光頭，她向二人展示了自己最真實的一面。即便如此，依舊可以看出茉莉五官很端正，只不過現在有些太瘦了，有些紙片人的感覺，但精神狀態，似乎較比賽時好。

要消滅癌細胞，就是先置之死地而後生。茉莉説：「如果不經過幻滅，又何以重生？」

金鈴聽到這裏，內心緊緊揪住，恍如被重重的大石頭壓住胸膛，淚水串滑過臉龐。

她開始了解，這是一種神奇力量。原來，在絕望之境，也能獲得希望。

到底，這種重生的能量，是甚麼？

本來只想在一池死水中，黯然停留在幻滅的悲傷之中的金鈴，內心有一顆希望的種子在萌芽。

第十五章

茉莉要到醫院複診，剩下金鈴和森焱繼續做訪問。

金鈴猛然記起，有一次在大街上看見他，消失於一幢舊樓的入口。當時她定睛，向門楣上看去，發現那裏竟掛着一個時鐘酒店的黃色燈箱招牌！

金鈴一直想知道，這個男人是不是終日遊手好閒？

森焱聽她一問，先是一愣，然後反問：「如果你想了解一個地方的文化，你會怎樣做？」

金鈴冷不防他有此一答，啞然。

森焱不徐不疾回答：「你要投入那文化，才能了解那種文化。」

金鈴納悶地說：「我那天見你，出入時鐘酒店……」

森焱回答：「我在那舊樓租住了一個單位，是時鐘酒店樓上幾層。這種舊樓最好，價錢相宜，地點方便。」

她擠出一個不太自然的笑容，掩飾尷尬。心裏還咒罵桂思，一開始時就在她面前胡説八道，令她先入為主，以為森焱是在色情場所工作。

看着她這不知所措的樣子，森焱心裏在偷笑。

金鈴整理一下心情，決定，從最基本的舞蹈開始問起。

「甚麼原因，驅使你來學阿根廷探戈？」

森焱的答案，是金鈴意料之外。

她沒想到，這位外表隨性隨心的男人，居然學富五車。他告訴她一些，她從未聽過的知識領域。

陽光剛好照在森焱晶亮的棕色眼瞳。

「正因為，它是一種成長[1]中的舞蹈——」森焱把很多他個人對阿根廷探戈的感悟，一一告訴金鈴。

到尾聲，森焱的眼裏閃出異樣光芒：「我想知道，這種舞蹈之源，是否有更多未知的力量？」

金鈴一愕：「力量？」

森焱回神，顧左右而言他的模樣：「我隨口說說，不用記錄在採訪了。」

「最後一個問題。」金鈴問。

金鈴歪着頭：「我看到，你在比賽時，似乎在扮演一種樂器。」

她語音剛下，森焱流露出一種無以復加的驚訝。

他曾經把這種用舞步演奏不同樂器的想法，在比賽前和翠芝分享。他想大家一起投入演繹不同音樂，好比是音樂家，以身體為樂器來詮釋音樂。

但翠芝不但不理解，更認為他是在癡人説夢。

此刻，他實在難以置信，這位只學了兩個月跳舞的師妹，居然能看出他的用心。

他不期然聯想到，金鈴和他第一次跳舞時，彷彿處於一種複雜的魔法。兩個人往不同的方向移動，以截然不同的舞步和諧搭配，使兩人合為一體。

他們不僅走在音樂的節奏裏，還表達音樂的感覺。

作為一種抒情性的藝術，探戈意味着甚麼？

慾望、纏綿、曖昧？優雅、含蓄、浪漫？性感、放縱、喜樂？每個人也許都有自己的答案。

金鈴打斷他的思緒：「最後一個問題是：你如此投入跳舞，最終卻仍然輸了。你覺得，到底還欠缺了甚麼？」

還欠缺了甚麼？

他告訴余鈴，在比賽之後，Mark Danson曾經留下來，和他談了一段時間。

Mark Danson是一位令人感到溫暖的前輩，圓噗噗的雙頰令他看起來特別慈祥。他說話不慍不火，而且簡單直接。

他說：「正如作家選擇文字，我則選擇用舞蹈的方式去記錄生命，將我的生命，呈現在觀眾的眼前。舞蹈是跨越國度、超越語言的藝術。我的舞蹈全是發自內心的真情實感，但總會當場弄哭好些人，像催淚彈似的，可能，是碰撞到人們內心最柔軟的部份。」

「剛開始的時候，我看翠芝，動作挺漂亮的，總感覺表演很『表面』，沒有韻味。」Mark Danson繼續說：「你很大氣，舞步非常豪放，我感覺我就是要發掘像你這樣一個舞者。」

森焱憶述Mark Danson的說話：「從色情產業出身，最後風靡全球、登上高雅大堂的阿根廷探戈，已非只是妓院裏排遣時光、跳舞助興的舞蹈。節奏強烈、旋律撩人，在激情音樂中彷彿暗示了在人類本能之前，實無分別人種階級之必要。

人們總説，職業無貴賤，在藝術世界又何嘗不是如此。只是這些藝術表現，往往在不知不覺間被貼上標籤，或者被換上別的標籤。也許這就是人性，如希臘諸神世界般難以抵擋的命運，剩下的只能留待時間證明。」

這時，金鈴定睛看着森焱——他剛才不是説，要投入那文化，才能了解那種文化。他住在色情場所附近，流連於與阿根廷街頭相似的廟街，擅長飲酒跳舞和欣賞音樂。

而他，偏偏又像阿根廷探戈一樣，能登大雅之堂！

森焱看着金鈴的眼神，帶着一種深邃：「我剛才不是説必須要了解文化嗎？能夠真正了解舞蹈的文化，才能深化跳舞中的神髓。」

他的腦海又回憶起Mark Danson給他的説話。

「探戈是殖民歷史、帝國主義統治下，移民血淚所創造出的美好果實。舞者應該很有教養，有文化。經過不斷的琢磨，跳舞時就不光是跳動作，而是跳

感覺，然後就會發現，自己的表達更加豐富、成熟和清晰。」

Mark Danson重重地拍拍森焱的肩膀，以示鼓勵。

他還提議：「你在跳舞中演繹的感情很細膩，如果這個舞伴不合適，何妨另覓佳人？」

他離開前，森焱問他：「我總是覺得，自己還欠缺了……」

Mark Danson微笑：「如果你能知道『幻滅的盡頭』是甚麼，你就會知道答案。」

「幻滅的盡頭？」

森焱的內心，一直往下沉進海洋深處，在一個個如泡沫如泡影的謎思中迷失。

1

阿根廷探戈是流行於現今各類探戈的祖源。早期，它只是中下階層之色情媒介。但因其隱藏在舞蹈中的熱情，化解了冷漠社會中的誤解，和民眾冰冷封閉的心。不但阿根廷接受了，全世界也在追捧。

英國人的探戈，雖然源出於阿根廷探戈，但卻是大有不同。阿根廷探戈獨特的貼臉靠肩握持，加上舞步中男女四腿的交纏，在自命清高的英國人眼中，阿根廷探戈被扣上了色情代號。直到十九世紀，英國倫敦才肯認定阿根廷探戈是社交舞蹈的一種，但改變握持的方法，「英式探戈」應運而生。

不像其他大部份的社交舞，阿根廷探戈沒有固定舞步，它是一種完全即興創新的舞蹈，由帶領者決定如何將不同的舞步自然的連接在一起。

阿根廷探戈中，有平衡和交叉系統，當男出左腳，女出右腳，叫平衡系統；男出左腳，女出左腳，叫交叉系統。但交叉系統，在標準舞裏，會被視為不正確的步伐。

更進一步的是，握持的靈活性允許男方在保持女方重心不變的情況下，將自己的重心從一隻腳換到另外一隻腳。這又是另外一個與標準舞的主要區別：在標準舞中，身體重心的切換，必然會引起舞伴身體重心的變化。

標準舞的舞步，經過了英國皇家舞蹈協會的規範化，這些舞步變動較少；而阿根廷探戈是一種進化中的舞蹈，每天在阿根廷以及世界都發生着持續變化。雖然舞蹈老師通常會用一些固定的舞步或者套路來教學，但是即便是在這樣的固定套路當中，每一步都可以有不同變化。

第十六章

班多鈕這段時間，一直進行着探戈創作的音樂工作，涵蓋了演出、作曲、編曲，並全面性嘗試各音樂領域的表演與創作。

因為覺得獨奏太單一，因為想要籌組樂團及製作演出，甚至將與不同藝術家合作以激發演出的火花。現在，他在積極準備。為了完成樂團現場演奏的版本，他要兩人幫忙試跳。

班多鈕想將艾利思歌廳，變成布宜諾斯艾利斯的舞台。班多鈕告訴他，布宜諾斯艾利斯到處都是探戈。大多數參觀這座城市的遊客只能進入最小的部份，這是城市為他們創造的部份。

在拉博卡（La Boca），是由導遊和酒店禮賓部兜售的探戈表演。

但布宜諾斯艾利斯的探戈，其實還有更多。大多數舞會是在午夜之後，才真正開始。

在布宜諾斯艾利斯的任何一個晚上，班多鈕都可以找到一個擠滿了人的舞池，人們圍坐在舞池旁，喝着他們的葡萄酒，看着大家跳舞。

阿根廷探戈，在舞台，也在舞池；現場有樂隊，也有探戈歌手。有一些年

長的阿根廷探戈舞者（Milongueros），他們年輕時可能在舞池叱咤風雲，但現在他們來到，不是因為他們想跳舞，而是因為這是他們一直在做的事情。

探戈不只是一種愛好，它是一種生活方式。

每次森焱練習跳舞時，腦海裏就會想起班多鈕的這些説話。而最近，更多時間，他會想到Mark Danson給他的謎題。到底甚麼是幻滅的盡頭？森焱一直在想。

森焱答應了班多鈕，去聽聽他的新歌。

森焱約了金鈴在廟街艾利思歌廳門口等。

金鈴未到，他走向前面的街口。廟街上有很多賣尼泊爾精品的小地攤，由印度或尼泊爾人經營。他發現有一間非常袖珍的小店，在舊樓樓梯下的角落。他把臉靠近玻璃窗，看向只有三十呎的小店內，裏面密密麻麻放滿手錶首飾木雕串珠法器，從地下疊起，一層又一層，攀爬到天花。

這時，他看見最靠近玻璃的窗櫥上，在貼近他鼻尖的層架上，有一個小銅像。她在一個火環之中跳舞，頭髮向兩側飄散的，胳膊上纏繞着蛇，右手上拿着一個鼓，左手有一簇烈火。

他聚精會神看着這小銅像，彷彿有着甚麼感應。

這時，有一位印度人走出來。見他帶着結他，看是準備外出。他問：「你喜歡Nataraja？」

森焱尷尬地笑了一笑。他第一次見這小銅像，只是覺得合眼緣⋯⋯

印度人繼續說：「Nataraja創造了剛柔兩種舞蹈，成為了『跳舞之神』。她的舞蹈象徵着宇宙永恆的動能，進行『宇宙之舞』。這形象最早出現在公元五至六世紀的石廟雕塑中，她在一個火環之中跳舞，燃燒的火環代表着時間，象徵着循環又永無止境。向兩側飄散的頭髮象徵着流水，胳膊上纏繞着毒蛇的右手擺出了平息恐懼的手勢。右手上拿着創世之鼓，而這鼓聲不僅是宇宙第一聲，更被認為是宇宙的心跳。」

森焱仔細端詳，問：「在她的左手上的是甚麼？」

印度人眼中充滿陰霾：「她左手持有一簇聖火，能毀滅世界！」

森焱怔怔地看着小銅像，若有所思。

這時電話響起，是金鈴的聲音：「抱歉，我遲到了。你位置在哪？」

森焱禮貌地向印度人揮揮手道別。然後，一個箭步走向艾利思歌廳。

在歌廳裏的舞台上，班多鈕遠遠看見森焱和金鈴來到，興奮地手舞足蹈：「大眼妹！大眼妹！」

這時，班多鈕親切地拉着金鈴：「大眼妹！我作了一首新歌，和朋友試着『夾』結他來演奏。他應該差不多到了。」

金鈴抿嘴：「我告訴過你：我叫金鈴，不是大眼妹。」

班多鈕咧嘴一笑：「知道呀，金鈴大眼妹，你和森焱試試跳！」

金鈴嘟囔：「是金鈴。」

班多鈕笑着點頭：「金鈴大眼妹！」

金鈴垂下臉投降。森焱在旁看着他們，覺得滑稽，會心微笑。

班多鈕指一指琴譜：「如果有人懂得拉大提琴的譜，多好。」

森焱摺起襯衫衣袖，說：「我來。」他駕輕就熟把琴譜拉了一遍。

金鈴看着只嘖嘖稱奇，拉大提琴的人不多，因此學費不便宜；這男人到底從甚麼地方學來?

班多鈕拍掌:「我在為音樂劇製作音樂,有你幫忙試奏,我可以寫更多歌。故事描述,一個富家子弟,為了感受阿根廷探戈,不惜離開家庭,搬到低收入階層居住的地方。」

金鈴説:「音樂劇的背景剛好和你的背景相反,很大挑戰吧?」

班多鈕點頭。這時,他留意到森焱聽完音樂劇的故事,面色發青,陷入沉思之中。

有人推門進來。對方拿着結他,步履蹣跚。

「他在廟街開店,我們是相識很久的街坊。他叫哈德。」班多鈕説:「我認識他時,他只是在擺放小地攤。現在呢,他已經有一間小店。」

森焱一看,他不是別人,竟是剛才尼泊爾小店的老闆!原來他剛才是趕着過來。

哈德看見森焱,也有點錯愕,但沒有再説甚麼。

班多鈕拿起六角手風琴,拉了頭幾個音節。「你們試試跳這舞曲。」班

多鈕對他們說：「至於舞蹈好與不好，阿根廷探戈是兩個世界的擁抱，一種對話，一個流動性、一個進行式，從來就沒有標準答案。」

金鈴聽了問：「是米隆加？」

阿根廷探戈抒情歌曲，常是抒發傷痛；除了米隆加。它是一種比較開心歡愉的類型。舞曲輕快，舞者在配合這種活潑俏皮的音樂時，通常會擺脱原本阿根廷探戈的深沉哀愁，而轉變為男女相互嘻鬧玩耍。

金鈴卻鍾情，帶着哀愁，敍説着寂寞，或得不到愛情的探戈音樂。它們並非意在喚起集體意識，而是呈現一種孤立而脱離現實的個體的存在，是一種看不見彼岸的悲哀……

她的目光觸及自己左腕——如今，她唯一的慰藉，大概只有這隻樂天留下來的手錶。

班多鈕彷彿看穿她的心事，在她耳邊説：「愛情不複雜，複雜的是人。」

班多鈕搖頭擺腦，瞪着圓圓的眼睛，拉着六角手風琴，一蹦一跳。

音樂引領金鈴，把注意力放在她自己、真實的自我、慾望、目標和真正的情緒上，讓她意識到甚麼對她，才是真正重要。

她允許自己做甚麼、感受甚麼、如何生活，以及，她否認了哪些經驗。

就這樣，探戈成了她餘生的一面鏡子，拋出了一個問題：你與自己和解了嗎？你快樂嗎？

森焱看向金鈴，邀她共舞。

開始跳舞，森焱和金鈴馬上進入一種內心交流，感受對方的狀態，全程通過肢體進行交流，並且全情投入。

音樂很輕快，森焱擁抱着金鈴，帶着她在舞台的五光十色下踏步，行走，小轉圈。每一個動作都是短促細微，每一個動作都是步履輕盈。

他們彷彿是草原上的兩匹白鵠，在如風一樣的音樂滑翔。

森焱領着她，飛快地跳舞。他感受着她的肩膀漸漸放輕，也感受到兩個人的心跳和呼吸，愈來愈快。

正當森焱準備領她轉向另一邊，他的背部輕輕撞了一下從天花懸吊下來的鐵勾。

電光火石間，他感覺到有東西被勾了一下，從他背樑滑到地上。

在他未反應得來的時候，清脆的玻璃聲從地面發出。

同一時間，他聽到金鈴發出一聲尖叫，她怔怔看着地上，止住。

森焱沿着她放大的眼瞳所落在的位置——

是她的手錶！

他有留意，她一直以來都是戴着這隻男裝手錶，天天如是。

此刻，水晶玻璃面粉碎，錶殼錶件散落一地，七零八落。

但見前方一黑，「砰」——本來在他旁邊的金鈴，應聲倒地。

森焱眼明手快，借力扶她一把，支撐她的頭，與她一起緩緩跪坐在地上。

班多鈕和結他手嚇了一跳，立時衝前。

班多鈕用力搖她：「大眼妹？快醒來！」金鈴卻毫無動靜。

但見她面無血色，又沒有反應，哈德問：「要不要報警？」

森焱搖頭。哈德俯身拾起地上的手錶，放進口袋。

森焱二話不說，把金鈴抱起來，一股腦兒衝出門外。現在是交班時間，街上沒有的士。

班多鈕這時追了出來，把歌廳小汽車的車匙塞在他手裏：「去，快送她去醫院。」

他把她安放在司機旁的座位，扣好安全帶。大力踏一下油門，小汽車高速飛馳。

森焱心裏很內疚——他知道，這隻錶對她一定非常重要。否則，他意外打碎了她，她不會當場昏厥。

是甚麼人給她這錶？這隻錶對她來說有甚麼意義？

這時，他發現前方車子行駛得有些緩慢，一排排的車堵在那裏，不知道發生了甚麼交通事故。好不容易動了幾下，但仍然沒有前進幾米。

看來前面要直行，不能右轉彎，他改變了行車路線，綠燈終於亮了，可順利穿行過去。他別過臉看向金鈴：「我們快到了。」他加重踏油門，當剛要穿行過去的時候，一輛車橫着撞了上來，他沒來得及躲閃，正好被撞個正着。

車子在空中翻了一個圈，最後四腳朝天的落在地上，發出了巨大的響聲，

把所有人的注意力都吸引向這輛車。反而那輛撞過來的車，已絕塵而去，這是一場嚴重的交通事故。

交通徹底癱瘓了，有幾位好心的人靠近了這輛車，企圖把裏面的森焱和金鈴拉出來，但卻不成功。其中一位中年男人用手往內探了探，搖頭：「氣息很微弱。」

森焱感覺前額很痛，血腥味充斥他的氣管。在他失去知覺之前，他看見旁邊的金鈴，血如泉湧的頭部擱在深深凹陷的玻璃窗上……

警察來到時，看着車身已經不成樣子，裏面的男女彷彿沒有了氣息一樣。

第十七章

警察在現場盤問了一些具體的情況，畢竟有些目擊者還是很熱心的作供，肇事汽車在逃，森焱和金鈴氣若游絲，被救傷車抬了上去，人群也慢慢疏散了，車輛又恢複了秩序。

醫護人員在救護車裏極力搶救着森焱和金鈴，該插的管子都插上了。心電圖裏顯示着心跳，這只能說明他們還沒有死。

但，此時的兩人，就像睡着了一樣。

「是艾利思歌廳嗎？我們是警察，剛剛有一宗交通意外，肇事汽車是你們……」

班多鈕收到警察打的這通電話，幾乎沒當場昏厥。森焱和金鈴他們……

班多鈕本想馬上趕往醫院，但今天歌廳只有他一個人，他是任性，但更看重是承諾。

隔了一天，他才能到醫院。深切治療病房護士，領着班多鈕去更衣室換衣服。

班多鈕換好了隔離衣，由護士領着進入了深切治療病房。這裏，每間病格有兩張床，比大房放滿擠逼的床位較鬆動。

護士告訴班多鈕，車禍時，兩人頭部受重創，需要做緊急開腦手術。手術後，兩人的情況非常反覆，仍然危殆。

躺在深切治療部的床上的金鈴，需要靠呼吸機維持呼吸，身上接着心電監護儀，不時發出「噹噹」的警報聲，一旁護士正在給她身上注射藥物。她頭上包紮着紗布，顱蓋骨還多吊一個引流着血水的導管瓶。

班多鈕看了一眼，就覺得腳下發軟，幾乎沒癱軟地上。

班多鈕不忍心再看，走去對面的病格。護士正拿着濕布，替森焱抹去臉上血漬斑斑。

班多鈕看着正躺在深切治療部床上的森焱。他此刻正雙目緊閉，躺在病床，左手右手插滿了管子。

與此同時，在床上的森焱感到重心在上升，他張開了嘴巴，不可思議的看着下方，發現自己正躺在病床上，一大堆的管子在自己的身上插着，這是怎麼一回事？他怎麼可能看到自己？

班多鈕哆嗦着鼻子，守在森焱床邊。

他說：「若不是你那天忽然出現，我就不會重燃想做音樂的興趣！你呢……是難得的舞者，除了因為你技巧好，還因為你身上總是隱隱然流露出一種阿根廷人的特性：隨性，冷靜和堅毅。你要快點痊癒，你還要陪我寫歌。」班多鈕愈說愈激動，一行眼淚一行鼻涕。

森焱感到身體不斷繼續上升，自己好像要被一種力量吸上去。經過一番掙扎，他想起在廟街見過的跳舞之神……

他猛地用跳舞的旋轉姿態，不斷掙扎，終於掙脫了甚麼，他感覺到自己慢慢往下沉。

「死了？」一位醫生這樣跟班多鈕身旁的護士說着。「你看心電圖已經顯示，他心臟停止跳動了。」

班多鈕一聽，馬上放聲嚎哭。

「你……要向我負責！怎可能說走就走？」

護士見狀，馬上安慰他：「先生……先生……」

班多鈕又哭又鬧，抱着森焱的身體，情緒失控。

「先生……」護士上前阻止，拉着他的肩膀。

班多鈕淚眼模糊看向緊閉着眼睛的森焱。

這時，森焱張開眼睛，班多鈕大嚇一驚。

護士放開他：「先生，我正想跟你說，心臟停止跳動的人，是他旁邊那位老人家。」護士指指鄰近的床位。

班多鈕呆住。

森焱吞咽一下口水：「你很重，我胸口很痛呢——」

班多鈕破涕為笑：「太好了，你沒事！」

森焱說：「剛才，可能是我最接近死亡的一刻。」

班多鈕眨眨眼：「你說甚麼？」

森焱說：「是你——是你剛才讚美我的舞蹈，令我回來。」

班多鈕彆扭起來，支支吾吾：「沒有，我並沒有說甚麼哦。」

班多鈕忽然像是記起甚麼似的，翻一翻外衣的口袋，從裏面抓出一堆破銅爛鐵，細細碎碎，遞給森焱。

「哈德在你們出事那天，把地上的手錶零件收拾好。他帶回店裏嘗試修補，可是卻徒勞無功，他怎麼也修不好。現在，給你先保管，等大眼妹醒了，你親自交還她。」

森焱朝對面病格的金鈴看過去：「她始終未醒？」

班多鈕亦不由得心頭一酸，放下東西便說在醫院待不下去，要離開。

森焱從手錶殘件中，發現完整的錶面。

他對這東西很好奇：為甚麼所有東西跌得粉碎，偏偏它完好無缺？

當他定睛一看，立時怔住。

這塊神女銀片正是「跳舞之神」Nataraja！他想起在哈德的小店裏，見過她。她的舞蹈，象徵着宇宙永恆的動能。

他猛然想到一件事。

剛才，感到重心在上升，他張開了嘴巴，不可思議的看着下方，發現自己正躺在病床上時……以當時的狀態，他應該是瀕臨死亡？

而他所以能經過一番掙扎，掙脫了被吸上去的力量，是因為他當時用了跳舞的旋轉姿態——「跳舞之神」創造「宇宙之舞」，象徵着宇宙永恆的動能。所以，他是誤打誤撞，借用了跳舞作為轉化，才得以生存？

他驚呆地看着手中的「跳舞之神」。她左手是火，是幻滅；右手是鼓，是重生。

森焱忍着頭昏腦脹坐直身體，他需要弄清楚這件事。

他用手機上網搜查，結果發現，「跳舞之神」果然還擔當着轉化的職能。幻滅與重生，似乎是兩個相反的詞。「幻滅」有着「重生」的含義，因而「跳舞之神」，擔當着轉化的職能。對於宇宙的幻滅和重生，「跳舞之神」的方法和其他神都不太一樣，她靠的是——跳舞。

當她進入「宇宙之舞」的狀態，她就會通過舞蹈去毀滅一個疲憊的宇宙，並為啟動創世過程作出準備。

森焱眼中放出亮光。

他知道了，他知道Mark Danson給他的謎題答案了！

到底甚麼是幻滅的盡頭？森焱一直在想。

重生，就是毀滅的盡頭！

他倦極而睡。

夜半，他感到有點口渴，緩緩起床。

他發現，對面病格，人頭湧動。有好幾個醫生和護士，在病榻前來來回回。

森焱緩緩走近。

病床上的是金鈴。

「死了——你看心電圖已經顯示着停止跳動了。」一位醫生這樣說着。旁邊的醫生又在她的胸部按了幾下，見心電圖沒有反應，就把白布單蓋在了她的腦袋上。

這到底是怎麼一回事，金鈴死了？

森焱驚惶失措。

這時，他看見有兩個白影在病床後，拉着一個女人。

「你們是誰？放開我？再不放開我，我就大聲叫了。」她是金鈴！

她的大眼睛不斷向四周看，森焱向她撲去，想幫她一把；但撲了個空——她似乎看不見自己。

事實上，病房裏，除了森焱，亦沒有人看見金鈴被帶走。

若不理會她的話，她會這樣被按住一直往前走。

前方根本就沒有路，她這是要被帶到哪裏去？

「你們要是把我帶走？我就算做了鬼我也不會放過你們的？你們快放開我！再不放我就大喊大叫了。」她不停的叫着，聲音已經變得很大，可卻依然沒有人聽到她；除了森焱自己。

「求求你們了，告訴我要去哪裏吧？我要等我男朋友。」她摸一下自己的手錶，這才發現，樂天留給她唯一的遺物，都沒有了。

她崩潰了；忽然間全身乏力，一身癱軟。

一下子，她如迷路的孤魂，整個人墜入一種無盡的絕望之中。

她閉上眼睛，全身在褪色，從腳底開始向上延伸，彷彿在急速枯萎……

兩個白影，一左一右拉着她的手，帶她往上升。

森焱失聲大叫：「金鈴！你在做甚麼？回來，快回來！」

第十八章

此刻，金鈴的腦海中浮現一件往事。

雖然是十五年前的事，但在亞歷山大圖書館發現那本奇幻古書的一刻，金鈴仍然歷歷在目。

柏拉圖的這本著作，是遺世的孤本——因為，哲學界從來沒有發現他著立神話故事的資料。金鈴一邊讀，一邊緊張地抓着樂天的手臂。「是我的經歷！你看到嗎？」他茫然。

金鈴明白了，書上的字，是只有她才看見的預言：是她和樂天之間的經歷。

柏拉圖所以寫下奇幻古書，是想打開通往另一個世界的入口。

金鈴當時實在萬料不到，當這書被交還給樂天父親之後，不但令他父母死於非命，更令樂天和自己永遠分離。

那天，在古希臘斑駁石柱的上方，憑空出現一個巨大漩渦。空氣中出現一圈圈漣漪，不斷向外擴散。金光眩目的漩渦中央，有一個平靜的影像。漩渦之中，這就是柏拉圖寫的仙境？

那一刻，她發現樂天和自己都不自覺被吸進風眼的邊緣。

樂天猛然回頭：「金鈴，放手！這樣的話，我們都會被吸進去的。」

她驚呆地搖頭：「不！我不要與你分開！你答應過，永遠不離開我！生死與共，讓我跟你走。」

樂天決絕地說：「不可以！裏面是未知的世界，我曾立誓要守護你，絕不能令你以身犯險。」他扳開她最後一根指頭，她反手握着他的右手。

她在淚水模糊的視線中，看見他被捲進風眼中。樂天抬起黑漆漆的眼睛，熱淚盈眶：「我愛你，我在遙遠的地方，永遠愛着你。」

十五年後的此刻，耳邊是陌生的紛雜人聲，還有很多冷冰冰的監察儀器聲。

樂天留給她唯一的遺物，都沒有了。她不想再留在這裏了。

金鈴萬念俱灰：這個世界，再不屬於自己。

金鈴感到身體的重心在不斷上升，自己好像要擺脱甚麼。

眼前是似曾相識的景象：金光眩目的漩渦。漩渦中央，是蜜糖色天空、軟綿綿雲朵、綠油油草地、七彩繽紛天堂鳥和吱吱喳喳的靈彩雀。這些優美風光，像懸浮在空氣上，疑幻似真。

是十五年前，樂天消失在漩渦前，她見過的景象。

「樂天？是你嗎？」

頃間，眼前的景色變得一切都是灰蒙蒙的，剛才還是晴空萬里，而且她感覺到越來越冷，這種冷並不是天氣那種冷，而是從腳底到頭頂發出的一種陰冷，這種陰冷很容易摧垮一個人的意識。

終於有了一個聲音，像是來自一個很陰暗的角落裏。

「金鈴——」

金鈴的血脈在一瞬間凝結。是他——樂天的聲音。

「樂天？他在哪裏？為甚麼？為甚麼你當年不肯帶我走？」金鈴一邊問一邊哭。

樂天長長的嘆息。

金鈴着慌了，她向着漆黑的暗影叫道：「我不要失去你，絕不能失去你。

我現在就跟你走。我想找回和你分別前，雙手緊扣着的最後一刻感覺。如果找到那份感覺，我寧願孤獨終老，永遠停留在幻滅之中。」

樂天沉聲：「這地方，沒有光，只有黑暗。我在這裏被囚禁了十五年，沒有影像，沒有花香，甚至沒有其他人。這裏，其實並非柏拉圖想像的仙境；這裏，只是虛空。」

金鈴說：「有沒有方法令你回來？」

樂天溫柔地說：「我這十五年來，沒有一刻不在想這件事。我現在之所以能和你對話，是因為我聽到你最後的呼喚。我的精神，暫時超越了肉體，來告訴你一個秘密。」

金鈴說：「甚麼？」

樂天說：「你大概記得，我父母是死於空難。而我的祖父母，同樣是死於非命。這是因為，他們得到了那隻手錶。」

金鈴問：「莫非，手錶蘊藏死亡詛咒？」

「相反，手錶是展現一個人間的希望。」樂天搖頭：「Destroy是當年祖父母的遺訓，但奇怪的是，我每次想有好事發生，這個字就會忽然出現在我腦海中。記得嗎？十五年前的旅行，我是向你求婚。」

金鈴終於明白，為甚麼在機票收據後面，會有Destroy這字。

「如果死亡等於幻滅，那麼，我們要迎接的，是重生。因而，手錶上的『跳舞之神』，擔當着轉化的職能。這些事，都是在後來，我在這虛空中，慢慢領悟的。」

金鈴想起了，電影《探戈情未了》中的舞王舞后一生相守相分，是絕配也是怨偶；但，到了最後，他們的Last Tango，卻成為多少人重新相信，世上有愛。既是幻滅，也是重生。

金鈴似乎有所明白。

樂天愉悅地說：「既然已經知道『跳舞之神』擔當着轉化的職能；我自然可以，找出方法重生。」

金鈴喉嚨哽着嗚咽，無法發出聲音。

「不要再沉迷幻滅和過去了，答應我！」樂天的聲音，漸漸消失。

她的淚水緩緩流出眼眶。

金鈴心想：不是真的！不是真的！我一定在做夢，這是一個做了十五年的夢。夢醒後，我會看見，貪睡的樂天，半張開口，像個孩子般，在我身邊睡得香甜……

她想猛力打自己的臉龐，肯定自己會醒來。

金鈴感到臉上一陣火盪的熱度，她感到臉上被打得又紅又腫。

她用力掙開眼睛，看見天花板上刺眼的白光。

「醫生！來，快來！她醒了！」耳邊是森焱的聲音。

森焱守在她床前一日一夜了。

自從那天晚上，他做了一個金鈴被白影帶走的噩夢；醒來之後，即使獲悉她並未情況轉差，他亦寸步不敢離開她。

他曾經經歷死亡，他知道，在生死之間是甚麼一回事。

就像班多鈕曾經對他所做的；只要他在，就可以把她從鬼門關帶回來。

剛才，他看見金鈴在流淚。他怕她有甚麼事，情急之下用力拍打她的臉，想叫醒她。

結果，金鈴竟然奇蹟地甦醒過來。

金鈴的臉上發燙被打得又紅又腫，以怨恨的眼神看着森焱。

「你我有血海深仇嗎？剛打破了我手錶，現在又來打我？」金鈴有氣無力地説。

如果告訴她，自己是因為怕她會死去才這麼緊張，森焱實在覺得太難為情。

這不是他的個性。

所以，他甚麼也沒説，從口袋中拿出一個透明膠袋。袋裏裝着的，是一堆零件。

「我沒有辦法把手錶復原，對不起。」森焱顫動着聲線，怯怯地説。他想到金鈴早前因為手錶破損而暈倒，怕她再受刺激。

金鈴接過手錶殘件，選了唯一完整的「跳舞之神」銀片。

她微笑地看向森焱：「我已經找回和樂天分別前，雙手緊扣的感覺。現在的我，再不需要借用手錶去聯繫他。而且，剛才在夢中，樂天鼓勵我要重新振作。」

她把「跳舞之神」銀片，繫在頸上原有的銀項鍊：「現在，我已經重生。我可以好好保存『跳舞之神』。」

「跳舞之神？」森焱驚異地聽到這個名字。「你怎知道是她？」

金鈴眼裏同樣露出詫異的目光：「你也知道跳舞之神？」剛才，因為金鈴的精神和樂天聯繫上，她才第一次聽到這名字。

兩人四目交投。

森焱說：「我一直在找尋幻滅的盡頭。」

金鈴說：「樂天叫我找尋重生的力量。」

他們兩人深深吸一口氣：「是跳舞之神！」

他們終於明白，成就探戈魔幻時刻，男女雙方必須注入一種極為深刻的感覺。森焱花這麼多時間去生活，用跳舞去尋找希望，是一種充滿生命力的感覺；而失去樂天的金鈴，當時在廟街和森焱跳舞，正是處於無比悲痛之中，是一種幻滅殆盡的感覺。

和跳舞之神的轉化力量一樣，在音樂催化下，在男女互動交流之間，成就了探戈魔幻時刻。

森焱看着眼前的金鈴。到目前為止，金鈴，亦只有金鈴，能令森焱抽離原本世界，經歷傳説中令人如癡如醉的探戈魔幻時刻。

金鈴撫摸頸上的銀項鍊和「跳舞之神」鍊墜，做了一個決定。

她抬起大眼睛向森焱説：「我不再跳舞了。」

森焱怔住：「甚麼？你不再跳舞？」

他的內心忽然痛痛揪了一下。

他覺得觸感敏鋭的她，將來會是一位好的舞者；他覺得能夠重新出發的她，此刻最應該好好跳舞。

他胸臆中不由自主地發了一個願：他很想她能留下來，繼續與自己共舞。

第十九章

金鈴出院之後，再次來到樂天的居所。上次她來的時間，愁雲慘霧；但今次，她卻感受一份輕鬆。

她的電話響了一下，是茉莉給她的信息。她在美國下星期接受手術，相信要一年後才能康復，重新跳舞。

她和Arunas商量之後，Arunas亦決定放棄前往阿根廷出賽的機會，他想等她康復，才重新出賽。今次，相信會由亞軍頂上。

金鈴祝福她早日康復。

她看向窗外和暖的陽光。阿根廷探戈是一種謎樣的魔法舞蹈，富於戲劇性並且幽怨，傾訴一個個憂傷故事，有愛情故事、悲劇或者一些城市裏的傷心事。在悲傷中百轉千回，大膽激情，淋漓盡致。

班多鈕頹廢了二十年，也可以捲土重來；茉莉本來一心等死，卻因為受到鼓舞而振作；她自己等了戀人十五年，終於參透幻滅與重生是共生。

她不再需要沉醉於幻滅。

金鈴回到教室，把貯物櫃鎖匙，歸還給百合。百合有點失望地說：「喔，

你退學了。」

走出課室，站在金鈴旁邊的桂思，哭喪着臉拉着她的手：「你不繼續學跳舞？為甚麼？」

金鈴沒有回答桂思。

這時，森焱在她身後出現。

這段時間，他一直記掛着與她共舞時的魔幻時刻……他非常理解，金鈴好不容易才走出幻滅的陰霾。對她來說，能夠選擇重新開始，絕不容易。可是，一場偶然的雙人舞，他和她之間有着獨一無二的共感，實在亦始料不及，這到底是不是上天刻意安排？

如果是這樣，他更不想眼睜睜看着她離開。

他日以繼夜思量，到底如何令金鈴改變主意？

有一天，他在歌廳看班多鈕拉琴，他正打算寫一首新曲。班多鈕一邊試音，一邊跟他說：音樂是最能觸發人的感情。他靈機一動，問他：你可否寫一首《米隆加》？

終於，他想到了用一個最能感動人心的方法去挽留她。

此時出現的森焱，二話不説，臉上流露出不尋常的激動，一手抓住她臂膀，帶她下樓離開。

桂思不知就裏，眼見這位平日行事古怪的師兄，忽然粗暴地帶走了金鈴。胡思亂想的她，心裏一驚，返回教室裏，四出找幫手。

森焱帶金鈴走在街上，一股腦兒來到艾莉絲歌廳。

「你自己跟班多鈕説吧，如果你不再跳舞，他一定發瘋，説不定天天找我麻煩。」森焱苦惱地搖頭。

她跟着他進去，剛好班多鈕在抹琴。他一見是金鈴，興奮地跳起：「大眼妹！」

既然是來道別，他喜歡叫她甚麼就叫甚麼好了，金鈴不再和他爭辯。

森焱把金鈴帶去班多鈕面前：「金鈴説，她不再跳舞了。」森焱説話中顯然有點失落。

班多鈕用手捧着頭，瞪眼看着金鈴：「不跳舞？為甚麼不跳舞？你怎可以不跳舞？」他連珠炮發，雙頰通紅，激動得差不多要爆血管的樣子。

金鈴馬上說：「你冷靜下來，先聽我說……我不需要跳舞了。」

班多鈕急得原地團團轉：「你怎可以不跳舞？」

金鈴抬起眼睛：「當初我去Destroy教室，是為了想找回，和樂天分別前，雙手緊扣着的最後一刻感覺。但，如今我已經重生，再不需要沉溺在幻滅的悲傷之中，不需要跳阿根廷探戈了。」

班多鈕用力抓着銀白的長髮，憤怒地大叫大跳：「我不知道你在說甚麼！總之，你一定要跳舞。」

金鈴不知道如何回應。森焱想拉住班多鈕，但他實在太大力，幾乎把他摔跌。

金鈴說：「你是否已經作好了新歌？這樣吧，我現在跳最後一次。」班多鈕看是無法令金鈴改變心意，只好收拾心情，抹走眼淚，拿起六角手風琴。

她看向森焱，森焱點頭。

這其實是森焱的佈局，他要班多鈕穿針引線，讓他和她跳最後一次探戈。

這時，歌廳門外一片鬧哄哄。桂思帶着一眾教室的老師和同學們衝了進來。

桂思趾高氣揚說：「看，我早知道森焱強搶金鈴之後，會帶她來這裏！我以前見過他在此出入……」

當大夥兒看見舞台上的森焱和金鈴，怔住了，不發一言。

班多鈕沒有理會他們，雙手拉動六角手風琴，琴身產生爆裂聲響，在風箱拉合之間所發出的特有氣聲，奏起第一個渾厚多變的輕快音節。是米隆加（Milonga）。

森焱配合這種活潑俏皮的音樂，以嘻鬧玩耍的姿態，開始領着她跳舞。

森焱飲了紅酒，金鈴從他呼出來的氣息中，吸進了微醺。酒香令她有種愉悅的感覺，他領着她輕快邁步，他用比上次堅實的擁抱，確保她能感受他的引導。

他帶着她轉圈，舞步交織旋轉，親密得漸漸變成一體。兩個人之間的互

動，是鏡面的人生，是兩情相悅，是靈魂深處的共振，儼如相知的伴侶，緊緊相擁。

被酒氣醺得眩暈的她，背上展開了彩蝶的薄翅，在幻彩的舞台射燈下旋轉。她開始微喘，開始臉紅，開始心跳加速……她卻沒有停步，只是讓靈魂繼續追尋對方的節奏和步伐。

森焱和金鈴，一下子化成李白與蝴蝶。醉酒了的詩仙，捧起掌心的粉蝶，在月下共酌共舞。曲調裏是愉悅忘憂，是快樂無愁。

半醉半醒，求醉並不是因為害怕了夜的寂寞和絕望，而是為慶祝人生而享樂。

她和他，周圍是曠野裏盛開的花，燦爛盛放，萬紫千紅。即便是兩個人跳，也如同一個人的舞蹈，在進退，旋轉，停頓間，散發出感動人心的光芒。

在班多鈕彈完最後一個音符，一切戛然而止。班多鈕的雙眼，閃出了異樣的光彩。眼前這對男女，以相同的角度聚焦在相握的手。伴隨樂曲，相依相守。

森焱全神貫注投入，他驚覺自己和上次一樣，和這個女人在只有兩個人的時空飛舞。彷彿，世界只有他們兩個。

金鈴心跳得很快，雙頰泛紅；但今次她沒有跑掉。

金鈴心裏生出一種惘然：為甚麼這種感覺，和上次完全不同？她內心，不再感到冷凍的悽楚，而是感受到一份溫暖的喜樂。

她頃刻明白過來。

跳阿根廷探戈不一定只有悲哀，它還可以包含快樂的愛。

一切，只是取決於自己。

圍觀的老師和同學掌聲四起，前額滑過汗珠的森焱，低頭看着金鈴，在微笑。

大家感受到，由兩人散發出來的撼動。所有人彷彿被漆黑中升起的太陽所包圍，兩人完全敞開自己，同時經歷魔幻時刻，讓深層情感得以流露出來，就像攜手進入了仙境。

激動不已的班多鈕，放下六角手風琴。

剛才一首歌，把兩人帶進了仙境。所有人都知道，這是傳說中令人如癡如醉的探戈魔幻時刻。由雙方感應而生，亦因雙方投入而存。

斑多鈕情不自禁轉身，撲向站在他旁邊的羅賓，喜極而泣。

臉上爬滿淚水的羅賓，緊緊地抱着班多鈕的頭。

他自從上次失戀之後，從未哭過。此刻，親眼看見，這對男女，是如何演繹探戈中的感情，他的內心深處被觸動，忽然嚎哭起來。抑壓了多個月的情緒，終於像堤壩洩洪一般，傾注而瀉。

森焱和金鈴的共舞，令氣氛升溫，圍觀的同學們的靈魂驟然炙熱起來。敏鋭的班多鈃馬上拿起六角手風琴，再次演奏剛才的舞曲。

眾人心中更為激動，紛紛跳上舞台！在激昂節拍中，舞者如癡如醉，以靈活的肢體，雙雙對對起舞。所有人都轉起來，跳起來。

一對對、一排排，各跳各的，有人熱情似火，有人柔情似水，一半海水一半火燄。他們的舞蹈，他們的熱情灑滿整個舞台……就像一場華麗聲光饗宴。

明明只有班多鈕的六角手風琴在演奏，在燈光下閃閃發光，此刻每個人都喜氣洋洋，興高采烈，人聲雜沓，彷彿是張燈結綵，百樂齊鳴。

一直嫵靡、一直喚魂、一直歡快、一直跳下去。此刻，所有人的舞蹈都是有靈魂的，火花四射，驚豔全場。這是一場即興，一場暴舞，跳得刺激，而森焱和金鈴，就站在這場熱舞風暴的中心！

班多鈕此時已經涕泗縱橫，他走向金鈴身邊，說：「多謝你，大眼妹，你跳這首Last Tango，令人這麼感動。好吧，祝福你找到重生的快樂。」

金鈴看向森焱，眼泛淚光。森焱雙眼，亮出異樣光彩。

森焱想到了最能感動人心的方法去挽留金鈴——是再次令Magic Moment發生。

金鈴微笑：「我……愛上阿根廷探戈，不知道老師會否把鎖匙再次給我呢？」

全場躁動，繼續歡天喜地跳探戈。只有兩個人，沒有上台。

利民和百合，在不久前，面對社會環境不明朗，加上疫情又影響教室營運，而想過離開香港，移居布宜諾斯艾利斯。但，因為捨不得一班學生，思前

想後，兩人始終未能成行。

他們悄然離開歌廳。

回到教室，利民跟百合說：「來吧，我們快點動手收拾好士多房。我想，擴充教室，要招收多點學生。」

百合看着利民，會心微笑。兩人四目交投，迸發出一種感動得無以復加的火花。

這天放學，森焱在廟街與金鈴吃着煲仔飯，看着招牌白光反照在瀝青路上的貓眼石，似乎比那年那天，豪門晚宴上亮晶雲石地板，更奪目。

幻滅的盡頭，是重生；即使身陷絕望，我們也要相信希望。

——本冊完——

後記

到底Magic Moment有多厲害，也許只有舞者能領悟。但書中有很多人的故事，其實在你我身邊一直發生。

班多鈕頹廢了二十年，也可以捲土重來；茉莉本來一心等死，卻因為受到鼓舞而振作；金鈴等了戀人十五年，沉淪悲哀，終於參透幻滅與重生是共生。

有人會因為家人而逼不得已放棄夢想；有人會因為外在環境而放棄夢想；亦有人會因為安於現狀而不再追尋自己夢想。有多少人，真正能堅持自己的目標，堅持到最後？

這或多或少，要看一個人的心態。

沒有任何事是必然和永久，也沒有最好或者最壞的時候。即如，舞王舞后一生相守相分，是絕配也是怨偶；但，到了最後，他們的Last Tango，卻令多少人重新相信，世上有愛。

再三細味，也許，你會在這本書裏，找到自己。

珍惜，當下。

書　　名　幻滅既濟

作　　者　金鈴　森焱

責任編輯　郭坤輝

出　　版　天地圖書有限公司

香港黃竹坑道46號新興工業大廈11樓（總寫字樓）

電話：2528 3671　傳真：2865 2609

香港灣仔莊士敦道30號地庫（門市部）

電話：2865 0708　傳真：2861 1541

印　　刷　亨泰印刷有限公司

柴灣利眾街27號德景工業大廈10字樓

電話：2896 3687　傳真：2558 1902

發　　行　聯合新零售（香港）有限公司

香港新界荃灣德士古道220-248號荃灣工業中心16樓

電話：2150 2100　傳真：2407 3062

出版日期　2022年7月／初版

ISBN ：978-988-8550-36-4